可惜命《あたらいのち》

西澤　聖子

ほおずき書籍

可惜命／目次

巌峰幽青

それは秋半ばのある朝のこと。

紺碧の大空を仰いで、遠い昔の旅の情趣がよみがえり〝そぞろ恋しく〟でも叶わぬこと。

……そうだ、戸隠へ行こうと思い立ち、姉を誘った。

妹より体力のある八十六歳の姉だが、膝を痛めて歩けぬと。一人でも行きたい思いやまず、敢行。

長野駅前発戸隠キャンプ場行のバスは、長野高校入口へ九時四十七分。それに乗るべく当地を九時十五分のバスで出かけた。

戸隠行のバスがループ橋を巡り、蛇行しながら山道を上って行くにつれて、思いがけないところに整然とした畑があらわれた。白菜の列や野沢菜の畦《うね》が生き生きとしており、近くに人家は見えないのに、この畑に仕事に来る人がいるのだと少し感動する。

山の気の中をかなり上ると、やがて大座法師池に着く。昔は池があるだけの淋々しいところだったが、今はそば処が大きな構えで建ち、活気がある。

池には五、六艘の白いボートが池畔に繋がれている。昔にはなかった光景だ。

大座法師池を過ぎると、整備された道路の中央に引いた白線が真っすぐに延び、道路の両側の疎林の中にペンションや別荘がポツン、ポツンとあらわれ、どこか素敵な高原の旅を行く気分にしてくれる。

バスの中は十人ほど。三人、あるいは四、五人のグループである。老女は一人。

やがて、一の鳥居を過ぎ、そば博物館という立派な建物を右手に見て進むと、戸隠商工会館があり、吉田高校分校というかなり大きな建物があらわれて、へえ……。吉田高校本校は、長野市北郊のわが家から遠くないところにある。

次のバス停は宝光社前。このあたりには宿坊旅館が道の両側に軒をきそって八、九軒。

そこを過ぎて、更に上がって川中島バス営業所を過ぎ、大門バス停を通過すると、ようやく中社宮前である。

中社は戸隠の繁華街ともいう所。宿坊、土産物店、そば店が軒を連ねる。長野市内からここまでおよそ一時間。

数年前、姉と来たときは中社宮前で下車して中社に参拝し、老女二人は広い境内の神気にゆっくりとひたった後、宿坊に入り、ゴロゴロとして駄弁のうちに一泊し、翌朝、もう一度中社に参拝して帰ったのであった。

今回、老女一人は中社で下車せず、奥社入口まで行ってみることにした。

奥社入口から奥社本殿までの参道は、上り二キロと、前回、中社の宿坊のおかみから聞いた。山道の往復四キロ、勿論、乗り物無し。とても駄目、叶わぬこと、話のほかである。せめて、今回は奥社入口で二キロ彼方の奥社本殿に向かって拝し、そのあたりを逍遥して中社の宿坊にもどろうという心算。

バスの乗客は中社宮前であらかた下車した。車内は老女をふくめて三人。バスは中社の西脇の道をさらに上って行く。

鏡池入口というバス停があり、そこで中社から乗車した中年の男性が一人下車した。絵ハガキで見たことがある。戸隠連峰を池に映して見事な景観を現出する鏡池はここから行くのか。

鏡池入口を過ぎると、葉を落として幹と枝だけとなった白樺の林が蒼然とあらわれた。白樺は標高一五〇〇メートル以上でないと生育しないと、昔、万座温泉に湯治したころ聞いた。万座は一八〇〇メートルだったか、おぼろな記憶である。

森林植物園というバス停を過ぎると、間もなくバスは奥社入口に到着した。

バスを降りると、左手の下方に大きな鳥居が見えた。聞くところの大鳥居か。一〇〇メートルほど先。

鳥居に向かってなだらかな下り坂を進み、鳥居の傍らにある木の色新しい賽銭箱に、なにがしかを投じて二キロ彼方の奥社を拝したのち、一呼吸して、大鳥居の中に入ってみたくなり、玉砂利ならぬギゴガゴ砂利の参道に足を踏み入れた。

老女は小さな手引車を曳いている。宿泊用のパジャマや洗面用具、雨具と防寒用のカーデガン、そして胃腸に宿痾《しゅくあ》をもつ身には宿のご飯は強《こわ》いので、軟々飯のお結びを夕食と翌朝用の二箇を入れている。お結びのことを一般には「おにぎり」と言うようであるが、「飯を握る」というより「飯を結ぶ」というほうが美しいと思うので「お結び」という言葉を愛用している。

「お結び」という言葉は、昔々、宮中の女房たちの間で使われた言葉であるとか。思い起こせば、ふるさと信州松代町で過ごした小学生時代、遠足の前日に担任の先生が「明日はお結び二箇と水筒だけ」と言った。足の病気を患っていた少々女は遠足はいつも不参加だったから、うつ向いてその言葉を聞いていたが、学校でも家庭でも「お結び」であった。城下町松代は昔の言葉がそのまま一般に慣用されていたのだろう。

手車を曳いてのギゴガゴ道は、手車までがギゴガゴ揺れて歩きにくいが、何となく神聖な空気がただよっている感じがして、それに惹かれて少し歩く。

奥社までは歩いて二キロ、往復四キロ、二時間の道のりとか。遠くて不便な山道であるから行く人も少なく淋しい参道であろうと思いきや、まるでお祭でもあるかのように人々が上り、また下ってくる。少々驚いた。週日である。

手車を曳いて、ゆっくりゆっくりと、神域の清浄な空気の中を登り、このあたりが私の足の限界であろうかと、歩みを止めて来し方を振り返ると、はるか下方に大鳥居が見える。三〇〇メートルほどか。大きく息を一つした。これ以上は無理であろう。弱い腰をいたわり、踵を返して、いま来た道を下り始めた。

大鳥居の手前まで下りると、右手に小さな石の祠があるのが目に留まった。石段が三、四段あり、近付いてみると、緑濃い苔が厚々と石段を被っている。よく見れば、糸のように、か細い一、二センチほどの茎の先に、粟粒より小さな薄緑の玉。苔の花である。美しい苔だ。それを踏んで石段を上がるのを憚るほどに美しい。五十年や六十年ではこの苔は生じないだろう。

「転石苔を生ぜず」と頭の隅を通りぬけた。A rolling stone gathers no moss. だったかな。百年二百年の雨露による苔のいのちをそこに見た。

再びバスで中社に戻り、広い境内を心地よく歩き、ゆるりと中社に参拝し、大杉の幹に耳を当てて、大地から吸い上げる水の音を聴いた。

シワシワシワと、水は盛んに大樹をのぼる。樹のいのちの鼓動に目をつむって聴き入った。

急な長い石段を、右足を先に先にと七十段をゆっくりと下りて、近くの宿坊に入った。

大きな風呂に一人で手足を伸ばして浸り、夕食のあと、戸隠の夜の静寂《しじま》の中で、部屋に備えてある案内書を繙《ひもと》いた。

それを読み進むうちに、ハタと、この目を射るものに出会った。

何と、戸隠神社は、江戸期まで、寺であったと。

比叡山延暦寺の末寺であったのが、徳川時代に、江戸上野の東叡山寛永寺の末寺となり、戸隠山顕光寺という寺であったと。

明治維新で、それまでの神仏習合が廃止され、神仏分離によって神社となったのだという。

何という不覚だったことか。老女は、戸隠神社は、神話でいうところの天照大神が立て籠った天岩戸を押し開いた天手力雄命《あめのたぢからおのみこと》を祀る大昔からの神社だとばかり思っていた。

『旧事記《くじき》』（神代から推古朝までの事跡を記した史書、十巻）によると、孝元天皇五年（前二一〇）に、天手力雄命が戸隠奥社の地に鎮まられた。その後、嘉祥二年（八四九）に、学問行者によって開山され、天岩戸を開いて戸隠へ投げた天手力雄命を祀ったという。

爾来、戸隠は神仏混淆の修験山岳として天下に名を馳せた。

比叡山延暦寺の管轄に入ったのが何時《いつ》のことかは詳らかでないが、明治の神仏分離によって、かれこれ千年ぶりに戸隠は本来の神社に戻ったということか。

宿坊の静かな灯は案内書を更に先へと読み進ませ、媼の不明を戒めた。

戸隠神社は神代の天手力雄命を祀った神社であると思っていたが、それは戸隠奥社であって、戸隠中社も戸隠宝光社も祭神はそれぞれ異なるのであった。

戸隠中社は、天岩屋に隠れた天照大神に、お出まし願うために、天岩戸開神楽《あまのいわとびらきかぐら》を考案した智慧の神、天八意思兼命《あめのやごころおもいかねのみこと》を祀る、と。なるほど。

そして、麓の戸隠宝光社の祭神は、天八意思兼命《あめのやごころおもいかねのみこと》の御子、天表春命《あめのうわはるのみこと》であると。媼にはお二方とも初めて聞く御名である。

さらに、天照大神に天岩屋よりお出ましいただくために、天岩戸開神楽《あまのいわとびらきかぐら》の舞いを舞ったと聞く天鈿女命《あめのうずめのみこと》を祀るのが、宝光社の近くにある火之御子社であると。

夜も更けた。

さて、翌朝、天気は快々晴である。この青い大空をあとに街中へ帰るのは惜しいなあ。もう一度、あの奥社大鳥居のあたりを散策してから帰りたいものだ。あのあたりの何とはなしの神気のようなものがよい。

朝食の知らせがあって食堂に行くと、宿泊者は他に無く、広い食堂の隅で宿坊の主人が新聞を読んでいた。

食事がすむと、媼は前夜の案内書から受けた興奮の余滴から、主人に話しかけた。

「お宅は、龍松院という院坊だったそうですね」

「そうです」

主人は新聞から目を上げて眼鏡越しに答えた。媼は続けて問うた。

「天台宗と真言宗があったそうですが、お宅はどちらで？」

「天台。天台と真言と争ってね、真言が負けて、みんな天台になったんです」

「戸隠が顕光寺というお寺だったとは知りませんでしたわ、地元に住んで居ながら……。昨日は奥社の大鳥居から少し入って歩きましたが、本殿まではとても駄目ですから。今日はもう一度、大鳥居のあたりを散歩してから帰ります」

そんなことを二つ三つ話したあと、主人は何処《どこ》やらへ出て行ったが、媼が会計を済ませて宿坊を後にしようとしたとき、二本の子供用かと思われる赤い色のストックを持ってあらわれた。

「これを突いて行けば、奥社まで行かれます」

「えッ？」

「その荷物をネ、入口の店に預けて、これを突いて行けば奥社まで行けますよ」

そんなぁ……、普通の人でさえ往復二時間かかる山道を、いくらストックの助けがあったとしても足腰弱い八十三が行けるわけがない。それは不可能。不可能の三乗、大々不可能。

媼に辞退の言葉が浮かんだ。

「お借りしても、お返しが出来ませんので……」

と、帰路は大鳥居前からバスで長野へ直行するので、中社で下車してストックを返却することが出来ないのを理由にした。すると、「返さなくてもいいです。どこかあのへんに捨てて行けば――」

媼は重ねて断る言葉を思いつかず、「返さなくてもいい」とまで言ってストックを差し出す主人の心の内を感じた。これ以上固辞しては、その心を無にする失礼を思って、荷物の増える困惑と無駄となる心配がありつつ、ストックを貰い受けた。

宿坊の玄関を出て、奥社入口行のバス停へ歩きながら、さて、この長い棒の始末を、どこでしようか……と心は迷った。

中社宮前バス停で、折よく下から上がって来たバスに乗った。長野市から戸隠奥社行のバスは一時間に一本である。朝の山気の中を十分ほど行くと奥社入口である。

昨日と同じように大鳥居に向かって進み、鳥居のわきに一軒ある売店に、宿坊の主人に言われたように手車を預かってもらった。

左肩から右脇へ掛けた小さなバッグ一つで、カラフルなストックを突きつつ大鳥居をくぐった。

ギゴガゴ道をゆっくりゆっくりと行く。

なるほど、杖というものは具合がいい。これでどこまで行けるだろうか。奥社までの参道の半ばに、随神門という門があるそうだが、その随神門まで行けるだろうか。随神門で参拝できれば老女には大出来だ。

坂道を一歩に二秒かけて、一、二、一、二と進む。普通の人は一秒に二歩進むだろう。

媼の後ろから登って来る人は、次々と媼を追い越して行く。媼を振り向いて「ガンバッテ」などと声をかけて行く人もいる。

一人の紳士が下りて来て足を止めて言った。「ぼくは三十分で登ったから、奥さんは四十五分か五十分で登れますよ」と、好意的な言葉をかけてくれる。

進むにしたがって、上から下りて来る人々が、媼に目を留め、足を止めて声をかける。

「一人ですか、よくまあ……」

「失礼ですが、おいくつ？」

「八十三です」

「ええッ？」驚きの眼で媼を見る。

次々と下山してくる人々が、老女一人のストック二本登山に目を留めて声をかける。ある夫婦連れの、横浜から来たという婦人は
「お元気をいただかせて下さい」

と、老女の肩に両手を置き、その手を自分の胸に当て
「元気が出ます。ありがとうございます」と。

その主人と思しき男性は
「八十三？　七十三ですなあ」と。人々が感心か感嘆の声をあげる。

そうこうしているうちに、随神門とおぼしき門が小さく見えてきた。道標があり、「随

神門まで四〇〇メートル」とある。あとまだ四〇〇もか、と溜息。

でも、今まで歩いた道のりの半分と一〇〇でいいわけだ、と思うと、随神門までは行けそうだ。元気を出して、両手に杖で一歩を二秒で行く。

やっと随神門にたどり着いた。とうとう一キロの山道を登ってきた。

時計をみると、五十五分かかっていた。奥社本殿まで、速い人は三十分、普通で一時間というのに、半分の地点で五十五分。嫗はやはり人さまの半分の脚力しかない。

それでも辿り着いた嬉しさで、萱葺屋根の苔むした随神門を仰ぎ、左右の随身はどなたであろうかと仰観し、何とはなしに門の中を通った。自然に門を抜け出た。

と、眼前に展開した光景！

巨大な杉の古木の並木がずーっと続く……。

無意識に、二、三歩出た。

神の匂いか、杉の声か、えも言えぬ感動が襲い、ワーッと声が湧き出て泣いた。まさに号泣。

古木の霊気か、ここまで来た感激か、声と涙のあふれるままに杉の巨木を仰いで泣いた。感激の声の溢れるのにまかせた。そして杉の並木に呼ばれるように、脚は前へ前へと向き始めた。

杉の並木は、まさに神域。しっとりと露が潤い、二抱えはあろう太い幹の大杉が、たえまなくつづく。

媼の目線のあたりの杉の根元は、みどり濃い苔が樹皮を被い、かたわらを小川ともいえぬ澄んだ山水がちょろちょろと流れ下る。

ああ、この杉の並木は幻となって、ずーっと長い間、媼の脳裡に霞んでいたのだ。

数えてみれば七十一年前、小学校六年の夏。

名和《なわ》長憲《ながのり》男爵《だんしゃく》ご一家のお供をしてこの杉並木を歩いたのだ。

名和男爵はその昔々、後醍醐天皇を隠岐島から船上山に迎え、建武の中興に尽くした伯耆国《ほうきのくに》（鳥取県）名和庄の名和長年の後裔で、明治・大正と二代の天皇の侍従武官を務めた人である。

名和男爵は、佐久間象山の研究のため、象山の遺墨を多少蔵する信州松代町の小池家に一夏をご一家と共に過ごしたその折、小池安衛が戸隠へ御案内した。ご同道の栄子お嬢様のお相手であったろうか、同じ年の少女もお供したのであった。

二キロの参道往復を、男爵と奥様はお駕籠であった。栄子様はお駕籠だったか、歩きだったたか、確かな記憶はない。ただ杉たちの立姿だけが遠い記憶として脳裡に霞んでいる。それほどこれらの杉の木の印象は子ども心にも深かったのであろう。

七十一年前の杉並木は、幻から現実の姿となって、いま、ここに在る。巨木となって、生々と呼吸して、いまここに在る。感動と言わずして何と言おう。

栄子様は長じてのち、皇室の女官を務め、皇太子ご夫妻の御伴として戸隠へ来られ、十二歳の時の戸隠遊山と松代の小池を懐かしく思い出したとの、四十五年ぶりの久濶を叙する御便りを、媼の生家に寄せて下さった。栄子様は今は鬼籍である。

杉並木を往くほどに、下山してくる二、三人があった。

「これから道が悪いよ。石段がきつくてネ、気を付けて――」と、声をかけてくれた。

嫗は、一歩進めては
「天手力雄命《あめのたぢからおのみこと》」と唱え、二歩すすめては、「そのお力を、この脚に、この手に賜え」と唱えて、次第に峻しくなる山道に両手両足を踏ん張った。

そして思った。不可能の三乗に挑むからには、後日、持病の腰痛、坐骨神経痛で、六ヶ月も一年も苦しむことになるかも知れない。だが、それでもいい、この願い、奥社参拝、達成したい！　と。

足腰への負担を少なくしようと、二本のストックに体重をかけるようにして山道を登る。ストックを握り締める手の指、手の平が痛む。足が止まる。大変なところへ来てしまったと、一瞬、後悔のような痛みが心をよぎる。

しかし、ここまで来ては上を目指すしか途は無い。

嶮岨な岩道を、足場を右に見つけ、左に見つけしながら辿り、ようやく奥社本殿の下の小さな平坦地に着いたのは十二時五分であった。大鳥居を入ったのが九時四十五分だったから、二時間二十分かかったわけだ。

着いた、着いた。これはもう、媼の脚力ではなく、天手力雄命が引っ張り上げてくれたという感じ、予期も予想もしなかったところへ来たという感じである。

戸隠山の峨々たる岩峰が、すぐ頭上にある。

霊峰と言おうか、鬼峰と言おうか、幽気さえおびる巌峰が頭上に連なる。言葉も無く、ただ大きな息を吐く。

空は真っ青の快々晴、何という幸福感！


岩屋を背にした社殿に参り、分不相応の賽銭を投じ、傍らの祈願串に息子の勤務堅固を記し、他の一串に媼の健康長寿を祈念して奉る。

参拝は一度では足りない。一休みしてまた社前に立ち、柏手を打ち、合掌し、あのこと、このこと、諸々を祈り奉る。

本殿の左に九頭龍社という社あり、これは生命の源である水の神様だという。生命の源か、ここにも懇ろに参拝。

みると、立札があり、随神門の萱葺屋根葺替の寄進云々、一口一万円と。

随神門まででも行ければ……と思っていた者が、奥社本殿まで来られた興奮と有難さで、嫗は社務所へ小走った。

「あの……持ち合わせが無いのですが、八十三歳が奥社まで来られたことが有難くて嬉しくて……半口五千円のご寄進ではいかがでしょうか、帰りのバス代千五百円は残しておきませんと……」

神主さんはニコニコとして承諾し、帳面をひろげて
「ここへご住所とお名前を」と。

初めてこのような体験をしながらも、恥は感じず、充足感に満たされて、下山の体力のために傍らの石に腰かけて、持参の小さなパンを一箇。

われに返ってあたりを見ると、人々が三々五々、大碧空のもとで戸隠を讃美している。

盲導犬ラブラドールを連れた男性と、その奥さんと思われる人が、荒木のベンチに腰かけて爽やかな面持ちで語り合っている。

媼は小休止して、さて、そろそろ下山か。

岩石のつづく石段道は、下りのほうがガクガクとして膝や腰にこたえる。わき道があると社務所の神主さんが教えてくれたので、その道を行くことにした。

社務所の裏手からつづく、落葉に埋もれた脇道を行く人の影は無い。

両側は笹やぶで〝熊に注意〟の札が木の枝に下がっている。

不気味だ。不気味だが本道の岩石道よりはなだらかな下り坂なので、膝がらくだ。

不気味さを我慢しながら自然に足は速くなる。うっかりすると落葉に乗った靴底が辷る。

息をつめるような緊張の中でしばらく下ると、杉並木の半ばほどに出た。ほっと大安心。

杉の薫香を腹いっぱいに満喫しながら下って行くと、下から上ってくる人が二人三人。

六十代かと思われる女性が媼に問うた。

「あと、どのくらいありますか」と。

「一キロぐらいでしょう」

「まだそんなに？」

「大丈夫、八十三が行って来たんですから」

大鳥居に辿り着いたのは午後二時を過ぎていた。

鳥居わきの店に入って、温かいミルクを一杯飲み、預けておいた手車を受け取り、脚を引きずって長野駅行バス停に出て、戸隠キャンプ場から下ってきたバスに乗った。

二本のストックを提供してくれた宿坊に、ストックを返却する元気もなく疲れ果てて、「返さなくていい」と言ってくれた宿坊の主人の言葉に甘えて、バスが中社を通過するとき、昨夜泊った宿坊に向かって、杖を握りしめつつ、

「ありがとう。お蔭で奥社へ行ってきました」

と、心中に合掌した。

奥社入口午後二時三十分のバスは、秋の高原道をひたすら走り下った。

やがて、バスのフロントガラスの向こう、山間《やまあい》の彼方に、善光寺平が俯瞰展開した。

傾きかけた午後の陽は、善光寺平を透明な紫色に照らし出し、ひときわ輝く天地を現出した。

春蟬緑交響楽

信濃の春はおそい。

長い冬の間、春を待ちわびた。いや昨秋以来と言うほうが妥当だろう。

春になったら戸隠奥社へ、借りたストックを使ってもう一度、あの戸隠奥社へ……と春を待ちわびた。

春には、二つの課題があった。

その二つを、体調を崩さぬように、風邪を引かぬようにと用心して果たさねばならぬ。

先ず、四月十五日の姉の米寿の祝。三つ年上の姉のかぞえ年米寿である。

僅か三年上ではあるが、母親のように妹の身上の苦や悩みを心配し、助けの手を差しのべてくれる姉である。この姉の米寿の祝には万事を差し置いて参じたい。

次に、五月二十九日は、亡母、正覚院殿行譽靜安壽光大姉の三十三回忌法要である。

この法要は、生家の誰かが施行するのではなく、この者が行うのである。

生家の兄は既に亡く、その娘が一人いるが、遠方に在って便りうすい。祖母の法事を思わぬのは無理もない。末娘ながら母よりこの命をもらった恩を深く感じているこの者が三十三回忌法要を設定した。

したがって、ふるさと松代のお寺さんへのご依頼と打ち合わせ、仏前に供える物々の手配、お斎の膳の心配り、その膳に添えるお茶と砂糖類のそれぞれの注文など、すべて当方が手配する。

ついでに余談を許されるならば、ある人が言った。仏事に用いられるお茶と砂糖(甘味)は、どこの家でも使う重宝なものだから用いられるのだろう、と。そうではない。祝宴で使われる「引出物」と同類の物ではなく、お茶は、日々仏に供える奠茶であり、砂糖類は、日々仏に供える蜜湯であって、法要に列席した者は、供養としてその物を拝受する意味である。

気は若くても、八十代半ばの体力は弱々で、大きなことはひと月に一つのことしか出来ない。媼の願った母の法事が滞りなく終了して、ほっと安堵したあと、さて、と戸隠山行に頭をもたげた。

その日、六時に目覚めた。既に梅雨に入った六月半ばである。空を見ると、天気は好さそうである。

昨夕、戸隠奥社行の急行バスの時刻を確認しておいた。九時十五分の戸隠行に乗るつもりであったが、どうも気が逸《はや》る。軟々飯の「お結び」は昨夜のうちに用意してある。ひとバス早い八時十五分で行こうかと思う。

戸隠の六月は、まだ、寒さがあろう。着て行くものは合着がよかろう。そうだ、昨年秋に着て行ったあのスーツがよい。不可能の三乗に挑んで思いがけなくも奥社参行が叶ったあの同じスーツで、今回も無事参行を叶えてもらおう。

このスーツは一狐裘三十年ものである。狐裘とは、きつねの腋下の白い毛を集めて造った皮ごろものことで、中国では古来珍重された。『論語』の郷党第十にも「黄衣狐裘」なる語がある。

それが、狐裘三十年と使われるようになったのは、晏子《あんし》（古代中国の斉《せい》の思想家）が、一枚の狐裘を三十年も着たというので、その節倹をほめたことに依るものである。年代が下るにつれて、良質のものを長く着る意味に用いられたが、現代においては、褒め五分、冷笑五分であろうか。媼の狐裘は上質のものであろうが下質のものであろうがすべて三十年ものだ。流行にとらわれない。着られるものを着る。

昨秋と同じく長野高校入口バス停で、戸隠奥社行のバスを、ストック二本を握り締めながら待つ。

バスはほぼ定刻に来た。乗客は若い男性が一人のみ。昨秋と大分ちがう。梅雨どきのせいか。ガラ空きの座席なので、一番前の前向きの席に坐った。

浅川ループ橋を旋回しながら進むバスは、前下方にも横下方にも善光寺平の俯瞰図を展開してみせながら悠然と進む。

道のかたわらには、昨秋には気付かなかった田圃が見え、すでに田植えが終わって、細い小さな緑の苗の列が、けなげにもそよ風にゆれている。

おや、トンネルだ。

トンネル入口の文字が読めた。八櫛隧道と。八櫛トンネルとは珍しい名称だ。トンネルの名は大抵、土地の名から付けられるようだが、八櫛《やぐし》とはどういう意味だろうか。

ふと、櫛名田姫《くしなだひめ》の櫛が思い浮かぶ。太古の姫の名。素戔嗚尊《すさのおのみこと》の妃の名。素戔嗚尊が出雲の国で八岐大蛇《やまたのおろち》を退治して、大蛇に食われる難から姫を救い、女男《めおと》となったという櫛名田姫。太古を語る戸隠への道辺には、太古を語る姫の名にちなむ名がトンネルにも付けられたのだろうか、などと勝手にロマンを楽しんでいると、
おや、またトンネル。

飯縄トンネル、七〇〇メートル。こんどはトンネル名だけでなく、その長さもよめた。さきほどの八櫛トンネルにも長さが記されていたのだろうが、よみ取るいとまもなく通過した。

飯縄トンネルの長さはかなり長い。暗闇を通りながら、七〇〇メートルとはこういう長さなのかと体に感じつつ、さきほどの八櫛隧道はこれよりかなり短かったから、四、

五〇〇メートルだろうか、などと勝手に憶測する。

それにしても、トンネルの名称が読めて、その長さまでよめたことは、坐った席が運転手の斜め後ろの最前の座席であったから。よい座席を得たと媼はひとり悦に入って、次第に山深く登って行くバスのうねりにも、ご苦労さまと言いたくなる。

大座法師池から先の道路が見事だ。緑樹のトンネルを次々と抜けて、次々と青い空を愛でて、高原の旅の情趣を充分に満喫させてくれる。

飯縄登山道入口を過ぎ、一の鳥居を過ぎ、そば博物館を右手に見ると、突如、戸隠連峰が眼前に展開する。心が躍動する。青い峰々の連なり、春だ、初夏だ、青年の山だ。

いよいよ戸隠。

バスは急坂をエンジン音よろしく上り、宝光社の長い石段の下を右に折れる。宝光社には天表春命《あめのうわはるのみこと》を祀ると昨秋宿坊の案内で知った。

バスは更に上って川中島バス営業所前の広い庭を、挨拶するかのように大きくひと廻りして次の大門へ。そして次は戸隠の中心的町並の中社宮前バス停。ここで女性が四人乗り込んだ。車内は彼女らのおしゃべりで急に賑やかになった。

鏡池入口を過ぎ、植物園入口を過ぎれば、次はいよいよわが目的の地、奥社入口である。

二本のストックを握り締め、カートを曳いてバスを降りた。

四人の女性は奥社へ行くのではなく、植物園へ行くのだと、ひと停車乗り越したと、苦笑いしながら歩いて戻って行った。

大鳥居への一〇〇メートルほどの坂道を下り始めると、頭上の樹々から降るような何かの鳴き声。何の鳴き声だろう。バスを共に降りて媼の先を行くリックサックの男性の背に思わず問うた。

「これ、何の声ですか」

男性は顔をこちらに向けて
「春蟬」と。

ああ、春蟬か。こんな声で鳴くのか。春蟬はシーシーとか細く鳴くと聞いていたが、実際に耳にしたことはなかった。みごとな大合唱だ。

コロロロロ、カロロロロ、コロロロロ、カロロロロ。

何と表現すればよいか、蛙の声より澄んで高く、音楽性に富む。戸隠の春蟬は斯くもか、と緑したたる樹上から降ってくる万蟬の、まさに春蟬緑交響楽につつまれて、ああ、来てよかったと、秋とは異なる風趣を喜んだ。

ギゴガゴ参道を、コロロロ、カロロロのリズムに心おどりながら、ストックを半ば突き、半ば突かずに行く。

じきに随神門に着いた。時計を見る。十時二十五分に少し前。大鳥居を入ったのが十時五分前だったから、三十分足らずで随神門に来たということ？　昨秋はここまで五十五分かかったのだ。時計が故障しているかと目を凝らす。耳に当てる。ちゃんと動いている。四十五年使用のゼンマイのオメガは、確実勤勉に動いている。最近、ゼンマイ修理をしたばかりである。三十分で随神門に着くとは感激。昨秋の所要時間の約半分だ。昨秋は初めてのこととて、不安と緊張と用心とで、ゆっくりゆっくり上ったのだ。今回は用心を怠ったわけではないが、勝手知ったたる参道、で自然に脚も軽くなったのだろう。だいいち、この春蟬緑交響曲のコロロロ、カロロロの快い響きが媼の身も心も軽くしてくれたに違いない。

随神門の傍らで職人が三人、腰を下ろして休憩している。そうか、随神門の屋根修理が始まっているのだ。いま昼前の一休みだろう。「ご苦労さまです」と一声かけ、修理中の門の中を通らず、脇を廻って出ると、そこから杉並木の道だ。見事な杉の大木がずっと先へとつづく。

巨大な杉たちが、次々と「よく来た」と、仰ぎ見る媼を歓迎してくれる。去年秋の二本杖の媼を覚えているようだ。今回はカメラを持参している。カメラを向けると、杉たちは見事なポーズを執ってくれた。

杉並木は神域である。この、えも言われぬ匂い。崇高な匂い。神の薫香だ。いま再び、この清香に包まれている幸せを全身に感じつつ、次第に峻しくなる岩石の奥社参道に、息を大きく吐《つ》き、ストックを握り締める。

奥社に到着したのは十一時五分であった。随神門から四十分。大鳥居からは七十分。人様の所要時間より十分、あるいは二十分ほど遅かっただけ。

老女は元気づく。去年は二時間二十分かかったのだ。体力は一年分マイナスのはずだが、今年は去年の半分ほどの時間で奥社参道を上がったわけだ。大きな喜び、感謝感謝。戸隠山の腹から滾々《こんこん》と湧き落つる御手洗《みたらし》は、清らかに澄み、冷たく、長い参道を一心に登って来た者に、甘露、甘露と、その喉《のど》を音をたてて通り下る。

社殿へと石段を上がった。心ひき締まる石段である。再度の奥社参拝を深く感謝し、心願を念じた。丁寧に心を込めて念じた。

ふと気がつくと、一人の若い男性が、頭《こうべ》を垂れ、長々と祈願している。珍しい姿だ。婳は呼吸を静めて青年の傍らに立ったまま、拝殿の奥に目を投じていた。何を斯くも長く深く青年は祈っているのだろうか。青年の願い叶いますように。

その人は、祈りのあと、社殿の前庭の端に立って、眼前の戸隠巌峰を、これもまた長々と飽かず眺め仰いでいた。青年の心中や如何に。人それぞれに思いあり、願いあり、苦悩あり、この世は苦楽万華鏡だ。

社務所へ参った。気がかりなことがあるのだ。随神門屋根葺替の御寄進のこと。昨秋は手持ち足らず、一口一万円のところ、半口の五千円だったことが気になっている。今回は一人前に御寄進したい。

寄進帳を開くと、五千円が並んでいる。オヤ、

と思い、二、三ページ前へ繰ると、十月三十日、西澤聖子の五千円があった。一口一万円のところを西澤聖子なる者が、半口五千円の先鞭をつけてしまったらしい。これはまずかった、と恥入りつつページを元に戻すと、墨色鮮やかに三万円が記帳されている。ああよかった。幾人かの不足分をこの人が補ってくれた。三万円さんよ有難う。そこへ並べて二万円と書こうかと思ったが、やはり身の程に一万円と記した。一応気がかりは晴れた。

御手洗《みたらし》の前庭の原木ベンチで一休みしようとしたとき

「落ちましたよ」と、並びのベンチに腰かけていた女性が媼に声をかけた。

何が落ちたかと足もとを見ると、わがブローチ。

「ありがとうございます」と礼を言ってブローチを拾い、ベンチに腰かけると、また

「落ちましたよ」と。

言われて下を見るとカメラのケースだ。媼は余程に疲れているとみえる。二度も物を落とすとは日常に無いことだ。二キロの戸隠参道を人並に近い速度で上ったことを大喜びしている裏側では、心身が大草臥《おおくたび》れしているのだろう。

親切に声をかけてくれた女性に改めて礼を言い、その女性の傍らに腰かけた。黒酢飴を差し出しながら

「どちらからいらっしゃいましたか」と話しかけた。「東京から」と言う。彼女は中社に二泊する予定だと。ゆっくり考えるのだという。何を考えるのかを問いもせず、媼は持参のお結びを取り出し、下山の体力のために食し、小さな一つを彼女にも提供した。

さて、下山である。

念入りにもう一度奥社本殿に参拝し、彼女に別れを告げて、岩石の本道ではなく、脇道の「熊に注意」の坂道を下る。

この道は去年と同じく下る者は媼一人だが、去年のように「熊に注意」にあまり恐れを感じない。二度めというものはありがたいものだ。

間もなく本道の杉並木に出る。彼方に随神門が見えている。よい道だ。春蟬緑交響楽もこの全身を包むような快い音響だ。道の傍らのブナの林の緑が、これまた美しい。カメラを向ける。二枚、三枚と撮る。カメラケースを落とさぬように、カメラをケースに納め

て、オヤ、と気付いた。

無い――。オヤ？　どきりとする。

手に提げてきたはずの白い袋が無い。社務所で受けた御札と息子のための交通安全の御守が入った白い袋。社務所でいただいた白い袋が、この手にないのだ。

小さな肩掛カバンの中に入るはずはないのだが、チャックを開けてみる。無い。

下る途中で落とした？　熊笹の道筋を頭が駆け巡る。

そうだ、下山の前に再拝した奥社本殿の台の上に袋を置いて柏手を打った。あのまま、あそこに置いて来てしまったのだろう。

即座に取って返した。息を切らしながら笹やぶ道を上った。ストックを握り締める掌が痛い。胸も痛い。脚を休めても五、六秒。気が急《せ》いて必死に上る。御札と息子のための御守を失うのは困る。縁起でもない。

漸く社務所の前に出ると、先刻の彼女がそこに居た。

「どうしました？」とおどろく。

「忘れ物、社殿の前」と叫ぶ。

彼女が石段を駆け上がった。嫗は息も苦しく見上げていると、石段の上で「これ？」と白い袋を彼女がかざした。

ああ、よかった。有った、有った。

一時間の余も袋は社殿の前に在ったわけだ。戸隠山に参る人は誰もそれを持ち去る人はいなかった。

再びの帰路、彼女と二人、笹藪道を下りながら嫗は、落とし物といい、大きな忘れ物といい、己が八十四という歳をしみじみと感じつつ疲れた脚を運んだ。

彼女は名をKさんといい、年は二十六歳、静岡県の生まれとのこと。老女が先に、若女がその後から老女の足にあわせて静かに下る。Kさんが後ろで言った。

「長野のシダは円く生えますね。静岡では円くないです」と。

Kさんは静岡大学農学部で森林産業などを学んだという。

杉並木の本道に出ると、大木の杉を見上げながらKさんは言った。

「杉の木肌がねじれているのは、杉の苗を移植するとき、苗が日に当たっていた向きと同じように日に向けて移植しなかったからで、苗のときと同じように南北を見定めて移植すれば木肌は真直に伸びます」と。嫗は初めて聞く杉の生態である。なるほど、よく見ればば木肌がねじれながら天を指している杉、木肌が捩れず真直に伸びている杉、さまざまである。

杉の生態を聞きながら、嫗の脳底に、かなり以前に聞いた西岡常一の木の話が思い浮かんだ。

奈良薬師寺伽藍復興に尽くした宮大工棟梁の西岡常一は言った。

木は樹木の時と同じように、木材となっても生きている。山の南側に育った樹木は、木材となっても建物の南側に使う。これを北側に使うと長い間に捩れて建物が狂う。山の南面に育った木は節が多いので、建物の目につきにくい北側に使いたいが、北面に使うと木は自分の生い立ちを主張する。

山の北側や北東面に育った木は、節が少なく、きれいな木面を持っているので造作物に使う。

そうだ、こんな短歌もあったっけ。

嫗の腹の底から、そろそろと、かなり以前に知った短歌が上ってきた。詠者の名は思い出せない。

動物にはみじかき寿命
樹木には
長き命を神の賜いぬ

なるほどなあ。動物は、人間をはじめ熊も鹿も自由に動き廻って己が好む食べ物を取るが、樹木は生えた其処に留ったまま、ただ天からの雨水を吸うだけ。己が葉が秋に落ちたのを、その足許に置いて、それを己の生育の資とするのみ。

自由自在に動くものには、その分、短い命、自由なく、一所に留められるものには、神は長い長い命を恵み給うのだ。

媼は足を止めて、杉の大木を見上げた。

ここに生えたか、ここに移植されたか、どの杉もここに居を定めて太々と生きて天を指すこと四百年、長い命だ。杉の根方によじ上り、その太い幹に耳を当てれば、シワシワシワシワ……かすかに

聞こえる。水が幹を上る音だ。杉が水を吸い上げる音。神秘の音。これぞ四百年の音、水以外、何も求めぬ杉の命の鼓動。

随神門を過ぎ、ようやく大鳥居にたどり着き、鳥居前の茶店に寄る。

店は茶店と呼ぶには似合わぬほど、しゃれた店ではあるが、乗り物を禁ずる戸隠奥社参道の裾《すそ》にある店は、やはり茶店というのがふさわしい。

この茶店に、媼は朝方、小さなカートを預けた。女性の店員が媼の顔を覚えていてくれたか、快い笑顔で迎えてくれるのも疲れの癒しになる。もう四時に近い。

媼は、奥社社殿への忘れものを取ってきてくれたKさんへの礼の気持ちでアイスクリームを二つ注文した。

Kさんは最前に奥社のベンチで媼からもらった「お結び」を取り出した。二人とも心は解《ほど》けていた。

「西澤さん、ご家族は……？」とKさんが訊ねた。かなりの年の媼が一人で戸隠奥社へ来ることに関心を持ったのだろうか。

薄茶アイスクリームを嘗味しつつ媼は
「息子が一人います。四十八になります。海外勤務が多くて、アメリカ、ソウル、と勤めて、いまは深圳で苦労させてもらっています」

「しんせんって、どこですか」

「中国です。『深い』と、土偏《つちへん》に三本川で深圳、香港の北です。人口一万か二万の小さな町でしたが、中国政府から経済特区に指定されてから世界中の企業が進出して、工場を建てて、今では六百万を超える大都会になりました。内陸から若者が出稼ぎです」

そんなことを話しているうちに、Kさんはおむすびを食べアイスクリームを食し終えて、さて、と二人は店を後にした。

媼のカートをKさんは曳いてくれて、二人はバス停に出て、戸隠キャンプ場から下って来た長野行バスに乗った。

中社宮前で下車した二人は、互いに礼を言い合い、別れを惜しみつつ、一人は宿坊へ、一人は予約の民宿へと手を振った。

宿坊の玄関に入ると、そこに中高年の男女が二人立っていた。その様子から宿泊客らしい。媼は再びの奥社まで力になってくれた借物のストックを壁に立てかけて、上がり框に腰を下ろした。疲れた脚が自然にそうさせた。宿の誰も出て来ない。

昨秋この宿坊で、泊り客は媼一人だったのに、今回はこの人達も泊るかと、親近感を覚えて、疲れた顔ながら

「どちらからいらっしゃいましたか」と相好は崩れた。

「大町から来ました」と、やさしそうな女性が答えた。つづいて

「戸隠講でネ」と、その夫らしい人が言った。

ああ、「講」か。講というのが今でもあるのだと、珍しい気持ちで「講」のことを訊ねようとするところへ

「いらっしゃい――」と宿坊の人が出てきた。玄関での話し声が聞こえて出てきたもの

らしい。のどかなものだ。夏目漱石の『草枕』に出てくる山の宿屋のような感じだ。

媼が通された部屋は昨秋と同じく二階の「しゃくなげ」の室。

宿坊の主人に、ストックのおかげで今日は奥社へ直行できたこと、その礼とストック返却を告げた。

入浴のあと、食事の知らせがあって食堂へ下りて行くと、食事は媼一人。戸隠講の二人はどこへ消えたか。

戸隠の夜は静寂そのもの、戸隠講の二人連れはどこの部屋に入ったのか物音ひとつしない。

奥社社殿に置き忘れた白い袋の中のものをあらためて取り出した。木の香も清々しい戸隠神社神璽、錦の交通安全御守。「有ってよかった……」そして己の不注意、衰脳を責める一方、在ってくれた礼を御札と御守に述べるのであった。

翌朝、爽やかな気分で窓外の山や庭の杉の木立を眺めていると、ドンドコドンドコ、太鼓の音が聞こえてきた。オヤ、階下から、ドンドコドンドコ、ドンドコドンドコ。

はじめは、子供が太鼓を打ち鳴らして遊んでいるのかと思ったが、その音の響きから、どうもそうではないらしい。その響きは子供ではなく、大人が、確かな人が打つ太鼓の音である。

昔、媼の子供のころ、生家の屋敷の裏手に「お大黒さん」と称《よ》ばれる一宇があった。そこに御嶽行者が住んでいて、毎月の八日、十八日、二十八日と、八の日に加持祈禱があって、その日は宵の口から太鼓の響きが鳴りわたった。その太鼓はドンドコドコドコ、ドンドコドコドコと一時間も続いた。

いま聞こえる太鼓の響きは、昔のあの太鼓の響きを思い出させる。その打ち方、響きが似ている。

しばらくその音を窓外の空を眺めながら聞いていたが、長く続く太鼓の音に、これはただの太鼓打ちではない、誰がどんな太鼓を打っているのか、と見たくなって部屋を出て階下へおりて行った。

と、階段の上がり口の脇の襖がいっぱいに開けられて、そこに五、六十畳の広間がひろがり、太鼓はその広間からである。

見ると広間の畳の上に昨日の戸隠講の男女二人が畏まって坐り、その向こうの奥に、本式の神座が設《しつら》えてあり、水干と謂《い》ってよいのか神主装束の人が、直径一メートル近い太鼓を打ち鳴らしているのだ。

そうか、やっぱり神主さんが打つ太鼓だったのだ。立派な響きのわけだ。

神旨《のりと》か、お経か呪文か、媼には解からぬ神主さんの太鼓に混じって聞こえていた声が終わると同時に、「ドン」と最後の一打があって太鼓は終わった。

参拝の戸隠講二人に向き直った神主さんの顔を見て、媼は「アッ」と小さく驚いた。その顔は、なんとこの宿坊の主人なのだ。

神主装束を付けたその人の容貌は、宿泊客を迎える時の顔とは違って、何となくオーラがただよっている。そのあと、媼が
「神主さんでいらっしゃるんですね」と、感半ばの思いで言うと
「宿坊の主《あるじ》はみんな神主ですよ」とさり気なく言う。

そうだったのか、媼は知らなんだ。己の不明を内心に恥じた。それにしても昨秋、媼が奥社へ参りたい気持ち山々なれど、その弱体弱脚のゆえに、大鳥居あたりを逍遥するのみで帰るというのを、小さなストックを差し出して「これを突いて行けば奥社まで行かれます」と、自信あり気に言って媼にストックを持たせたのも、神主ゆえの奥社への心入れがあったやも知れぬ。媼にとっては思いもかけぬ余得に浴することとなって、今日また、ここに在るのだ。

朝食がすむと、大町から来た戸隠講の二人は

「これから奥社です」と清々しい顔で宿坊を発って行った。

媼はこれから中社である。昨日は忘れ物取りに熊笹道を三度上り下りして疲れ果て、中社に参る元気が無かった。今朝は戸隠の清澄な空気から気力を得て中社の石段を上るのだ。さらに、中社参拝後はバスで宝光社へ下って、初めての参拝をしたい。

宿坊を出て坂道を下り、バス通りに出ると

「西澤さぁん」と呼ぶ声。顔を上げると、Kさんがバス道路の向こう側に立っている。

民宿を出てきたばかりのようだ。

「おはようございます。また会いましたね」

と二人は同時に、にっこり。

「Ｋさんはどちらへ？」

「宝光社へ行きます。西澤さんは？」

「中社です」

「ではお元気で、気を付けて、さようなら」

一人はバス道路の坂を宝光社へと下り、一人は中社へと坂を上る。

鳥居前に出ると、目の前に巨大な杉が天を突いている。中社名物の三本杉の一つだ。この大杉の下方の幹の一部が剝がれて木肌があらわれている。自然に剝がれたものか、それとも……。

息を一つ大きくして、急な石段を上り始める。一足一足数をかぞえた。中途で二度ほど休み、嫗の数えでは七十二段であった。やれやれ。

中社の祭神は天八意思兼命《あめのやごころおもいかねのみこと》であると、昨年、宿坊の案内書で初めて知った。天岩屋に隠れた天照大神にお出でいただくために天岩戸開神楽《あまのいわとびらきかぐら》を考案した智慧の神。「八」は数の多いこと、「意」は「考え」である。むずかしい御名であるが洒落《しゃれ》た名前なので一ぺんで覚えた。

中社参拝を終えて、バスで下り、宝光社前で下車した。宝光社への上り口近くに小店がある。宝光社はかなりの石段があると聞いていたので、その店に媼のカートを預かってもらった。

鳥居のわきから境内に入った。石段を十段ほど上ると、御手洗《みたらし》があらわれた。ここでも神水が滾々《こんこん》と湧々《わくわく》とおどり出ている。甘《うま》し甘《うま》しと喉《のど》を下る。

濃緑の樹木鬱蒼《うっそう》とした、人っ子ひとり居ない広い境内の急な石段にかかった。最早、ストックは返却して無いのだ。老の自力だけだ。

と、カロロロロ、コロロロロ、カロロロ、コロロロ。おお、春蟬だ。再びここでまた春蟬緑交響楽団の饗応を受けた。楽団の歓迎曲は老の足をステップに誘うように軽やかだが、老脚は太い鉄の手摺《てすり》に助けられて、右足を先に、右足を先にと、お経を唱えるごとくに石段の数をかぞえながら上る。

宝光社の境内は森のごとく壮重で、天を樹葉が覆い、空が見えない。

宝光社の祭神は天表春命《あめのうわはるのみこと》である。この神は中社の天八意思兼命《あめのやごころおもいかねのみこと》の御子であると知った。御子が特に祀られる何かの訳があるのだろうか。この深閑とした大境内に祀られるだけのわけは何だろう。御母神はどなただろうか。天照大神……？

昔々は、奥社の地に、天手力雄命と天八意思兼命と天表春命の三神が合祀されていた由。ということは天表春命はそれだけ重んぜられる神であったのだろう。なぜに重んじられたのか。手力雄《たぢからお》や思兼《おもいかね》のような功績は何も語られていないのに……。

それとも母神は天鈿女命《あめのうずめのみこと》……？　天鈿女命は、天八意思兼命が考案した天岩戸開《あまのいわとびらき》神楽に合わせて陽気な岩戸開神楽を舞った女神だ。神に「位《くらい》」があったとすれば、おそらく舞女神は高い地位ではなかったろうが、天照大神を岩屋からお引き出しする効果はあったので、大功績の天八意思兼命の御子の母として、子の社に近い所に、小さな社ながらその永遠の住まいを設けられたのであろうか。宝光社の鬱蒼とした天地は媼の老脳に自由気ままな想念を描かせる。神代はkhaos《カオス》、混沌だ。

長くて急な石段を、途中、幾度か休みながら、「百九十四？」と不確かなままに最後の足を載せたとき、前方で

「西澤さん！」

何と、Kさんが社殿の柱の傍らに立っている。そういえば先刻朝方バス通りで会ったとき、「宝光社へ行く」と言っていた。媼は中社へと別れたのだ。また会った。

「長い石段を上っていらっしゃいましたね」とKさん。

「去年は奥社だけで精一杯でしたが、今年は宝光社もと来てみました。腿《もも》が痛いですよ」

社殿の階《きざはし》に二人は並んで腰を下ろした。彼女はもう一泊して帰京するのだという。媼は、Kさんが昨日奥社のベンチで、戸隠に二泊すると言い、何かをよく考えてみるのだと言ったことを思い出した。何を考えるのかは、あの時言わなかった。

Kさんがぽつりと言った。

「結婚式の日取りが決まっているのですが、どうしようかと考えているのです。今の彼のほうがいいかどうか……よく考えてみようと……」

媼は「えッ」と無言の驚きを呑み込んだ。結婚式を決めた彼がいて、その後また別の彼ができたということらしい。これはとても、媼が介入出来る事柄ではない。昔は、親の決めた相手が居て、本人には別に好きな人が居て、それで悩むという話はあったが、Kさんの場合はそうではなく、結婚式の相手も恋愛、今の彼も恋愛だ。媼には理解を越えた現代女性の恋愛結婚自由観。現代女性の生きる世界も混沌、カオスか。

「西澤さんの昨日の言葉が心に残っています」

「何か言いましたか?」

「苦労させてもらっています、という言葉です。息子さんが海外で苦労させてもらっている……と」

彼女はそう言いながら明るい表情であった。媼は何気なく口にした自然の言葉であった。

昔から「若い時の苦労は買ってでもせよ」と言われるのを、この年頃になって、つくづくと首肯するのだ。自分一人が深く頷くのみで、己が息子にも言って聞かせたことはない。若い時は、若い者のためになる言葉は受け付けないから。人は人生の歩みの中で、それを徐々に学んで行く。

Ｋさんが「苦労させてもらっている」という言葉に心が留ったということは、その言葉を幾分なりとも受容する心があるからだろう。おそらくＫさんの「迷い」と「考え」を解決するのはＫさんのその心が為すであろう。

江戸時代風の寺院造りの古色蒼然とした宝光社の屋根に、春蝉の合奏は、ひときわ軽やかに、晴れやかに響き渡っていた。

山紫白雪

戸隠恋し病に罹った。

恋し病にもいろいろあろう。人恋し病、山恋し病、父母恋し病。

八十《やそ》過ぎて
　なお母恋し
　　山鳩の啼く

人のその親への恋しごころは、幾つになっても已《や》み難い。そのような恋し心を持つ者は、親からの恩愛を大きく受けているからである。そのような者は幸せだ。

十年の闘病生活を支えてくれた、わが父母《ちちはは》への恩、感謝は、それこそ山よりも高く、海よりも深いという言葉が少しも誇張ではなく、この年になってしみじみと思い、朝に夕に父母の写真に感謝を述べるのである。

高徳院殿願譽清圓安人居士
正覚院殿行譽靜安壽光大姉

朝毎に唱えて、蜜湯を献じ、奠茶《てんちゃ》を供え、香を炷《た》く。

「人間万事塞翁が馬と言ってなあ」と父は言い、十年の間、一度も「折角、京都帝大に入ったのになあ、惜しいなあ」というようなことは言わなかった。娘の心中を思いやる心があったからであろう。十年のその間にも、その後にも、娘は「塞翁が馬」のような良馬をもたらすことはなかった。慚愧に堪えない。申し訳なく思う。

戸隠恋し病に戻ろう。

「一人で戸隠奥社まで行くんですか」と、ある人が驚きの表情で媼を見つめた。恋人に会うのに、連れを誘う者は居るまいに。

一人に限る。恋い山と自由に思いを語り、戸隠山も自由に話しかけてくれる。

自由こそ千両、万両。連れを必要とする旅もあるが、そうでない場合は一人にかぎる。

連れが居ると、旅の二分の一は娑婆（日常）が割り込む。旅の全部を、日常を退《の》けた別世界にできるのは一人。孤独に限る。

テレビだったか、短歌の大会で、三人の選者が三人とも次の歌を選んだ。

　　徘徊ではないと家族にメモ残し
　　　夜の海辺に　待つ流れ星

その三人の選者の中の一人が言った。

「本当に見たいものは独りで行く、人とは行かない」と。

まさにその通り。独りは不純物が混じらないのだ。自分だけの思いで、それに出会う。

自分自身でなくては、純粋にそのものを観ることは出来ないのだ。自分自身になれるのは、孤独であってこそだ。

辞書によれば、孤独とは「親を亡くしたみなし子と、老いて子なき者」とあり、一般に「ひとりぼっち」とか「さびしい」という印象があるようだが、どうして、どうして。孤独は淋しいどころか、自分の中のあの大鈴も、この小鈴も鳴らし得る自由があるのだ。孤独こそが、精神の自由を恵んでくれるもの、自由は孤独の三乗だ。

だから、孤独は恵まれたもの、滅多に手に入らない幸せなものなのだ。

東京女子大学の初代学長・新渡戸稲造博士の言葉がここにある。

孤独とはわれわれが力強く、かつ
品位をもって育ってゆくことのできる
うってつけの環境である

新渡戸学長は、東京女子大学の学寮を造るに当たり、この理念を主旨とした。
つまり、一人一室の、日本の大正時代としては他に例のない稀有な学寮を、東寮、西寮として百室ずつ、二百室を建造した。
クラーク博士の
〝若人よ、大志を抱け〟にちなんで言うなら
〝若人よ、孤独の時を持て
されば　思索も深まらん〟と。

それは二坪ほどの和洋折衷の小さな一室ではあるが、アントン・レーモンドの設計に成る極めて機能的な、住み心地のよい一室であった。ここに学び、ここに生活した数多の卒業生たちは、後々、誰もが「孤室」に育てられたことの有為と感謝とを、交々、重ね重ね語り合うのであった。

長野市は善光寺裏手の道を迂回して、バスは十五分も走れば山路にさしかかる。

四月は末の山路である。窓外の春のはじめの山の息吹きが、バスの窓ガラスを透して香ってくるような気がする。

オヤ、山肌にピンクのかたまり、桜だ！

里では既に桜は葉桜であるが、ここでは満開のさくらだ。さわやかなピンク色は山桜であろう。

お！　また山桜が山肌にあらわれた。朝の光のなかに匂うようだ。

山桜を見て、ふと、謡曲「鞍馬天狗」が思いうかんだ。その中にある「うずざくら」が記憶に浮かんできた。たしか「雲珠桜」と書いた覚えがある。

〝花咲かば　告げんと言いし山里の　使いは来たり馬に鞍　鞍馬の山の雲珠桜　手折り枝折りをしるべにて　奥も迷わじ咲きつづく　木陰に並み居て　いざいざ　花を眺めん〟

雲珠桜とは、どんな桜なのだろう。鞍馬山に咲く桜であるなら、山桜であろうか。鞍馬天狗の謡曲が浮かぶと、必ず浮かんでくる思い出がある。恥ずかしくて、消したい思い出であるが、決して消えないのだ。

昔々、七十年ほど昔、ある人の婚礼に招待された。昔は婚礼の式をその家で行った。二部屋の戸障子を取り払った座敷に、祝膳が二、三十並び、招待の客が席に着いた。新郎新婦は床の間を背に、はなやかに坐している。

祝の謡《うたい》をうたう時刻がきた。謡《うたい》の役はわが父であった。

ところが、大事な役をする父の姿が、なかなかあらわれないのだ。

父は松代町の町長ほか、町の仕事が多々あり、また、その婚礼の媒酌人でもあった。謡曲の師でもあることから、婚礼の謡《うたい》の役も受けていた。

二十分が過ぎ、三十分が過ぎようとしていた。祝膳に着坐している老若男女は無言で、じっと待っている。その中に居る娘は、気が気でない。

と、その婚礼の新郎の父なる人が、私の膳の前に坐って言った。

「せい子さん、謡《うたい》をおねがいします」と。

びっくりして娘は
「わたし、とてもだめ」

「謡《うたい》の先生のお嬢さんですもの、出来ないはずないでしょう」

待ちくたびれた人の言葉であった。仕方なく娘は座を立ち、座敷の中央にすすんで謡った。唯一、知っている「謡《うたい》」をうたった。

「花咲かば　告げんと言いし山里の…………木蔭に並み居て　いざいざ　花を眺めん」

一生懸命であった。人さまの前で謡うのは初めてのことだった。

その日の夜、娘は父に言った。とても困ったことを。そして「花咲かば」を謡ったことを言った。

父は苦笑しながら

「婚礼の席では『高砂』を謡うものだ。『鶴亀』の小謡でもいい。『花咲かば』は宴会の席で謡うものだ」と。

それを聞いて娘は全身ちぢむ思いがした。しまった！　取り返しのつかぬことをしてしまった。しかし娘は、「高砂」を謡えないのだ。父に就いて謡を習ったわけではない。冬期間の謡の稽古日に、階下から聞こえる弟子たちの謡を、学校の復習や予習をしながら、自然に耳に入るままに覚えたにすぎない。だから覚えやすいものしか耳に残っていないのだ。「高砂」も、花咲かばの「鞍馬天狗」も弟子入りの初期に習うもののようだが、「高砂」は言葉は覚えても、謡いにくい。そのわけは「高砂」は「強《こわ》の節《ふし》」とのこと。「弱《よわ》の節《ふし》」という「鞍馬天狗」は、耳に入るまま自然に覚えてしまうような軽い発声なのだろう。門前の小僧ならぬ門前の小娘に「強の節」が勉強の合間に自然に覚えられるわけがないではないか。

素人の感覚だが、「強の節」と「弱の節」との発声の違いは、「歌曲」と「歌謡曲」との違いほどではないにしても、それに似た発声法の違いがあるのかも知れない。

それにしても、婚礼のあの座敷に居た二、三十人の人の中には、「謡」に多少なりとも通じる人が居たかも知れなく、その人には小娘の「鞍馬天狗」は苦笑を禁じ得ないものだったろうと思えば、幾十年を経た今も、戸隠の山路で赤面するのである。

バスは八櫛トンネルを抜け、次に長い飯縄トンネルを出て進む。

野鳥の村、ペンション村、等の標識が樹間に立ちあらわれる。

大久保の茶屋も陽春を迎えて湯気が立ちのぼっている感じだ。

バスが進んで、そば博物館が右手にあらわれた瞬間、まあ、眼前に戸隠連峰が躍り出た。

青空の中に青紫の巌峰が峨々と連なる。

そして、何と、紫に匂う山肌に、白刃が三筋、四筋、稲妻のごとく走っているではないか。

雪渓だ、戸隠連峰の雪渓、何と雄大にして壮麗、まさに山紫白雪！　身内がぞくぞくする感動だ。

あと、幾日かすれば、この雪渓は消えるであろう。好い季《とき》に来た。この巌峰に走る白い稲妻を観ることができてよかった。バスの最前席に坐れたことも、山紫白雪の全景を展望することができて幸いであった。

中社宮前でバスを降り、O宿坊への小丘を上がる。

宿坊の玄関には、嫗が去年も借りたストックが二本、返却のとき嫗が二本を紐で結んだままの形で。ドアに立てかけてあった。

今朝、宿坊に電話したのだ。今日お世話になりたい旨を言うと、「どうぞ」と返事があったので、

「ストックを玄関に出して置いて下さい。あのストックでないと、奥社まで行かれませんので」と言うと

「わかりました。出して置きます。あは……」と宿坊のおかみさんは明るく笑った。

嫗は宿坊の玄関に入って、声をかけたが返事が無い。穏やかなものだ。

カートを上がり框《かまち》に寄せて置き、赤いストックを握って奥社へ向かう。

大鳥居を入った。里では春酣《たけなわ》だが、戸隠は春の入口か。道端のせせらぎの水辺に、楚々とした小さな白花、紫花が三つ四つ黙して咲いている。

「まあ、きれい……」と媼は足を止める。白花の花びらを数えれば七枚、紫花は十枚。

「イチゲの花だ」参道を行く誰かが媼の背後で言った。

しばらく進むと雪解けの水が参道をぬらしている。ぬかるみを避《よ》けて、水楢《みずなら》などの木々の根元寄りを足場をえらびながら上って行く。

随神門にたどり着いた。

おお、見上げれば、お屋根葺替が完成したのだ。

真新しい萱《かや》の色がすがすがしい。近年は、神社仏閣に萱葺を見ることはなくなったので、新しい萱の切り揃った軒を見上げると、懐かしいというか、爽やかな気分になる。

そういえば、新年早々に、戸隠神社社務所から「随神門屋根葺替工事完成」のご挨拶状をいただいた。ご丁寧なことと恐縮した。

そのご挨拶状の中に、随神門左右の随神の御名が記されていた。いままで二度、奥社への道で、この随神を拝しながら、その御名のことは迂闊《うかつ》にも意になかった。

珍しい御名である。たしか、豊石窓神《とよいわまどのかみ》と櫛石窓神《くしいわまどのかみ》。左右、どちらが豊石窓神《とよいわまどのかみ》でどちらが櫛石窓神《くしいわまどのかみ》か、いま確かな記憶はない。奥社に参って社務所でお尋ねすることにしよう。

それにしても「窓神《まどのかみ》」とは──。なるほど、奥社への参道半ばに立ち、奥社の神に随身し、奥社の神を護り、奥社の窓となる神々か。豊石鬼神や櫛石鬼神でないのがよい。

いま、ここで気の付くことが一つある。「櫛《くし》」である。戸隠山への道筋に「八櫛《やぐし》隧道」があり、いままたここに「櫛石窓神《くしいわ》」がある。古代の神々は「櫛」がお好きなようだ。

門内に入って、左右の随神にあらためて祝意と敬意を捧げ……と、気が付けば、左の随神の前、西側に、東を向けて、随神門屋根葺替寄附者芳名なるものが揚げられているのだ。へえ……。

黒地に白字で、真っ先に百万円とある。記名は会社名、さもありなん。次に五十万円とある。まあ、女性名だ、何たる女傑！

つづいて、三十万円、二十万円、十万円……それぞれの寄附者名が記されている。人様はお金があるなあ……この媼は、一昨年に五千円、その埋め合わせに昨年に一万円。たった一万五千円の寄附者の名など揚げられるはずも無い。と思いつつ、壁面いっぱいの諸々の名を仰ぎ見ていると、オヤ、西澤聖子という文字がある。同姓同名？下から五段目の右から二行目に、西澤聖子がある。そのあたり一帯には、寄附金額は記されていない。

これは、同姓同名ではあるまい。この媼であろう。

そうか、

「長者の万燈より貧者の一燈」と、神は思し召して、貧しき媼の一燈をも嘉《よみ》し給うたのか、ありがたや、有難や、しげしげとわが名を見上げる。

それにしても、貧者の一燈だけでは、何燈集まろうと高が知れている。長者の百万燈、五十万燈が無くては、お屋根葺替は適うまい。百万円さんよ、ありがとう。五十万円さんよ、三十万円さんよ、有難う。ありがとう。

随神をしばらく讃美して、さて、杉並木へ。

大きな息を一つ。巨大な杉並木に、また、見《まみ》えることが出来た。三度めだ。八〇〇メートルつづく巨大な杉の順列。媼の「戸隠恋し病」は、この杉たちへの恋心でもあろうか。

樹齢四百年の杉ときく参道を少し進むと、雪どけの道。ここはぬかるみではなく、澄水の流れである。足場を右に左にと求めて行く。やがて、澄水の流れはやんで、雪深々の参道とかわった。

四月の末に、里では気温二十六度にもなるのに、奥社参道は雪道か。それも五センチや六センチの雪ではない。二〇センチはあろう。媼の靴が辷りそうだが、杉の枯れ落葉が辷り止めの役をしてくれる。それでもやはり雪は雪、油断すると辷る。ところどころに、長靴あとらしい大穴がある。その底に水が。

ゴールデンウィークのせいか、参詣人が多い。老いも若きも、親も子も、手をつなぐ若い男女も。中年の美しい婦人が三人下りて来て、道の端に足を止めている媼を見ると、その一人が好奇の眼差《まなざ》しで問うた。

「一人ですか」と。

「はい、一人です」媼は微笑まじりに答えた。

すると、別の一人が

「まあ、ご立派」と言った。

何がご立派なのか。白髪皺面の媼が、赤いストックを両手に、戸隠参道を上るのが立派なのか。三人の美しい婦人たちは「お気を付けて――」と、親愛の声を媼にのこして、雪の参道を下って行った。

奥社御手洗《みたらし》に着いたのは、午後一時三分であった。大鳥居を入ったのが午前十一時十六分だったから、一時間四十七分かかったわけだ。

この道を一昨年の第一回めは、二時間二十分かかったから、三十三分早くなった。昨年の第二回めは一時間十分であった。今年はゆるりと、一時間二十分か三十分を予定していたが、思いの外の雪道であったために、二、三十分余計にかかった。

御手洗《みたらし》の水は澄んで清く、氷が溶けたような冷たさ。二キロの参道をストックを突きながら上ってきた乾いたのどに、うましうましと、したたり落ちる。

御手洗《みたらし》から本殿への石段を、さらに十五、六段のぼる。さすがに媼の息は切れる。

二拝二拍一拝のあと、長々と媼の祈りは続く。何を媼は祈るか。

拝殿の軒下に、参拝者記帳のノートとペンが白木の机上に置いてある。奥社参拝者の住所、氏名、年齢がびっしりと記されている。新潟市あり、横浜市あり、名古屋市も。年齢欄には五十代、六十代、四十代もある。ノートを前へ三、四ページ繰ってみる。七十歳が一人いる。千曲市とある。八十歳はそのページあたりには無い。媼は住所、氏名を書き、八十五歳と筆太々と記入した。

社殿の前から戸隠山峰を見上げれば、まだ芽ぶかぬ樹々の細枝を透《とお》して、戸隠巌峰が、すぐ頭上にそそり立ち、近々と雪渓が雪肌を見せている。

よく晴れた大空の中に、戸隠巌峰は清輝を受けて、白雪渓は青く深い。

よい季《とき》に来あわせた。よろこびが惻々《そくそく》と胸に満つる。

思えば、参行第一回目は一昨年の十月三十日、それは宿坊の主人がストックを差し出して奥社行を勧めてくれた全くの、夢にも思わなかった僥倖によるもの。

第二回目は、借りたストックを返却するためながら、春蟬のコロロロ、カロロロの緑交響楽の好季。そしてこの三回目は春の目覚めの雪渓を巌峰に仰ぐ。幸せなことだ。

戸隠山行は特別に幸せなことでも、有難いことでも無いはずだ。それなのに、いま、このように心底から感ずる幸せ、有難さ――。小さなことに大きな幸せを感ずる、これまた仕合わせ。

社務所で戸隠神社神爾を拝受しようと社務所へ行くと、おみくじを開いて読んでいる人がそこに居た。そうか、おみくじか、媼もおみくじを頂くことにするか。

神爾を受け、神主さんの仰せに従い「大正十二年 癸《みずのと》 亥八十五歳」を申し上げると、神主さんは奥に入り、ややあって一紙を持って現われた。拝受する。

「御神籤」おみくじとはこの字か。難しい字だ。「竹冠《たけかんむり》」であることに頷けるものはある。

八重雲道別別弓平

天降利坐皇御孫神

ひらがな混じりの解説を読むと、なかなかに良いおみくじである。「吉」だ。この媼にしては珍しいことだ。なかに「椿の大神を信ずべし」とある。椿の大神とは、どういう神様なのか、どこかにお宮はあるのか。神主さんに尋ねると、再び奥に入り文献を調べてくれた。「三重県の鈴鹿にお宮があるので、そちらへ行ったら参拝するように」と。

鈴鹿か、遠いなあ。良い御神籤なので、椿の大神なる神様にお参りしたいが、ちと遠い。奈良、京都へも西国観音巡礼以来、行かなくなった。鈴鹿へは無理だ。諦めだ。

さて、下りにかかるとしよう。

神主さんが下りの裏道は雪が深い、と仰有ったが、表道の岩石よりは増しかと、媼は裏道入口へ行ってみた。なるほど雪は深く、下った人の足跡も無い。雪は媼の膝ほどもあろうか。諦めて表道にかえり、杖を握り締め、雪の岩石道を、右足を先に、右足を先に、と下り始めた。辷らぬように、転ばぬようにと、一心に岩石道を下って行き、一息吐《つ》こうと道の端によけて立った。雪の岩石道の下りはらくではない。

下からゆっくりと上ってくる人がいた。ご夫婦だろうか、六十歳がらみの二人連れ。二人は上りながら顔を上げると、奥さんと思われる婦人が道端の媼をみとめて、にこりとした。親しい人にでも会ったような笑みである。媼もつられて笑みながら

「こんにちは」と声をかけた。

二人は足を止めて

「こんにちは」と返しながら、その奥さんは更に笑みを大きくした。

当《まさ》に、知己の笑みである。美しい笑顔だ。

媼は思わず
「どちらからいらっしゃいましたか」と、これも笑みを深くして問うた。

「三重県から来ました」

媼の心臓がピクリとうごいた。

「三重県ですか！」

「はい」

笑み顔がやさしく答えた。

「三重県に鈴鹿という町がありますね」

「あります。その鈴鹿から来ました」

「まあ……」

何ということ！　鈴鹿からとは――。

「鈴鹿に椿の大神のお社がありますとか、先ほど社務所でお聞きしましたが――」

「あります。椿神社あります」

婦人は確実に答えた。

媼は興奮した。鈴鹿から来たというその二人に、つい先刻受けた御神籤の「椿の大神云々」を語り、そのお社は鈴鹿に在ると神主から聞き、鈴鹿は遠く、この媼には参拝は叶うまいと諦めていたことを語った。

そして言った。

「椿神社のある鈴鹿から、はるばるおいでになったお二人に、ここでお会い出来たこと、不思議です。有難いです。お二人に私めの参拝を受けていただきたい。お二人を通して私の参拝が椿神社に奉げられますように――」

と、二人に向かって媼は深々と拝礼した。

婦人は笑みながら
「たしかに……。帰りましたら椿神社に参拝します。伝えます」

と。連れの男性は終始おだやかな面持《おもも》ちで見守っていた。

参道を上り下りする参拝者の数ある中で、思いもよらず、いま諦めたばかりの、「鈴鹿」

から来たという人に出逢った不思議。あたかも知己のごとくに笑みかけてくれて、笑み合い言葉を交わし、そこに椿神社が彷彿とあらわれたこの不思議。柳田邦男の謂う「二度と起こり得ない偶然」の不思議を、媼は胸深く感じつつ、雪の下り道に再び杖を下ろした。

随神門を過ぎると、参道の雪は消えて歩きやすくなる。

橅《ぶな》の木を見上げ、楢《なら》の木を遠望しつつ、しばらく下ると、道端で山水のせせらぎの緑に三〇センチほどの三脚を立てて、膝を地に付けてカメラをのぞいている男性がいた。

何を撮っているのだろう。水中に何かいるのだろうか、素通りできない。

「水の中に、何かいますか」と尋ねた。

「いや……苔です。苔を撮っています」

なるほど、カメラの先には小さな小さな、緑色の苔が水の流れにゆれている。

「苔ですか！」

媼は興味と感嘆の声を発した。大鳥居のわきの石の祠の石段の苔を思い出したのだ。

「きれいな苔ですね、これは何という苔ですか」

「陣笠苔、陣笠に似ているから」

「苔のご研究ですか」

「いや、家族で展示会をやるんです。花は誰もがやりますから、人のやらない苔を撮ってみようと思ってね」

「まあ……結構ですね。立派な写真機で」

その低く置かれた水際《ぎわ》のカメラは、上質の金属の光沢を放って存在感を示している。

「もっと下の方には、ホソバミズゼニゴケがありますよ」
そう言いながら男性は、自衛隊の迷彩服のような肩にカメラをかついで上へと登って行った。
彼が去った道端には瑞々しい緑色の陣笠苔が、しっかりとそこにいた。
いま、彼は、下の方にホソバミズゼニゴケがあると言ったが、大鳥居のわきの祠のあの苔は、ホソバミズゼニゴケという苔だろうか、などと思いつつ下りながら、苔と聞くと自然に「転石苔を生ぜず」が思い浮かんだ。そして同時に、ある新聞記事が思い浮かんだ。
その記事とは
「絶えず活動していれば、心身が衰えることはない」という意味の諺で次の〇〇にどんな文字が入りますか
〇〇苔を生ぜず
というものであった。
この〇〇には当然ながら「転石」の二字が入ることを、その新聞記事は望んでいること

は明白だが、「転石苔を生ぜず」の意味が異なる。

「転石苔を生ぜず」という諺の意味は、「ころがる石には苔が生えない」つまり、職業を転々としていると箔《ハク》が付かない。「商売変えは損あって益なし」という意味である。

苔は珍重されるものであるのに、新聞記事では、苔はカビのように厭うものに扱われている。これは可笑しい。何時からこんな逆の意味に解釈されてしまったのか。苔は美しいものなのだ。京都には「苔寺」という寺があるではないか。衆人が愛でる美しい苔の寺である。

媼は拙著『英文法遊歩道』の中で
A rolling stone gathers no moss.

を、

「物事を途中で止めてしまえば何の成果も得られない」

と、解説している。教室でもそのように教えた。

序でながら
本来の意味とは逆の意味に使われている言葉が他にもあるので、一言したい。
「目には目を」
この言葉を「自分の目をやられたら、相手の目をやっつけろ」というように、仕返し・復讐《ふくしゅう》の言葉として使われるのを、耳にする。
「目には目を」は聖書の中にある言葉で、
「相手の目を痛めたら、己が目を以て償《つぐな》え」という意味の言葉で、仕返しどころか謝罪の言葉である。
目にて目を償い、歯にて歯を償い、手にて手を償うべし（出エジプト記・二十一章二十四節）
いのちは生命、眼は眼、歯は歯、手は手、足は足をもて償うべし（申命記十九章十九節）
挫《くじき》は挫、目は目、歯は歯をもて償うべし、人に傷損をつけしごとく自己《おのれ》も然《しか》せらるべきなり（レビ記二十四章二十節）

以上の如き聖句を、戦闘を好む荒武者に悪用させてはならぬ。

越前松籟

海を渡って電話が来た。

「夏休みが取れるので、行きたいところがあったら、スケジュールを立てておくように」

と。

行きたいところ……。即答し、即日ＪＴＢへ宿舎の予約に行った。

平成二十年七月二十八日は、前日までの暑気は失せて、長袖の夏衣の上に更に長袖ブラウスを重ねるほど。まさに「土用半ばに秋風ぞ吹く」の涼気であった。

八王子の自宅を朝六時に出た息子が、長野の生家に着いたのは午前十時五分前であった。

夜明け前から準備万端とととのえて、オロオロと待ちつづけていた老母を車に乗せると、直ちに出発した。

長野から北陸へ行くには、北へ向かって、豊野、一茶の柏原、妙高、新井、高田と行って、西へ曲がり、日本海に沿って進むものと思っていたのが、車は東の方、須坂へ向かうので、オヤ？　と不安な気持ちで居ると、更に中野への道路標示が出た。

これは方向が違う。道を間違えた。倅も北陸は初めてのこと、道を間違えたに違いない。そそっかしい彼のこと、「オイ、オイ倅よ、道が違うよ」と言いたいのを、無言で平然とハンドルを握っている者に少々遠慮である。苦労多々であろう海外勤務から、今しばし解かれて、ふるさとの山々を見渡しつつ、心安らかであろうから、道なんか少々遠まわりになったっていいではないか、今日中に着けばいいのだから、と思い直して快走の人で居ると、田野や山里が次々と続き、海が見えて来ない。海岸へ出るどころか、やがてトンネルに入った。

気が付くと、トンネルから出てはトンネルに入り、入っては出て、またトンネルに入って……。

「トンネルが二十六あるんだよ」

と倅。

海辺を行くものとばかり思っていた老母には、トンネルが二十六と聞いて魂消《たまげ》るばかり。越後の山々を貫いて高速道路が媼の知らぬ間に開通していたのか。

トンネル二十六と聞いて、反射的に思い出すのは信州の碓氷峠である。碓氷峠は、長野県と群馬県との県境にあるが、有名な長野県々歌「信濃の国」の一節に

吾妻《あづま》はやとし日本武《やまとたけ》
嘆き給いし碓氷山
穿《うが》つ隧道《トンネル》二十六……

という名句がある。

吾妻……吾が妻は

はや………既に
とし………賭し、犠牲となった
日本武……日本武尊はお嘆きになった

日本武尊が東征の帰路、走水海（相模）で海難に遭ったとき、海神を鎮めようと妃弟橘媛《おとたちばなひめ》が投身入水して犠牲となった故事。（『景行記』）

碓氷峠の鉄道は明治二十七年頃に出来た。海抜九五〇メートルの峠を越えるためには、アプト式鉄道が必要であった。アプト式とはスイスの山岳鉄道に用いられたもので、急坂を辷らないように、歯状のレールと、車輌に装備した歯状鉄具とを噛み合わせつつ進行する様式であった。碓氷の一一・二キロを越えるのに七十七分かかったという。

明治四十五年に碓氷線は電化されたが、それでもアプト式電気機関車を前に二台、後に一台付けて喘ぎ喘ぎ二十六のトンネルをくぐって列車は軽井沢から横川へと下ったのであった。

嫗が東京女子大学の学生であった頃は、列車が峠にかかると、車内に「信濃の国」のメロディーが流れたものであった。

上り列車では、これから東京へ行くというさわやかな緊張感が、下り列車では、ふるさと信州へ来た恋しい安堵感が、そのメロディーから乙女の心にただようのであった。

タイムトンネル

あの記憶に深い灰黒色コンクリートのトンネルに比べて、いま行く北陸自動車道のトンネルの何と晴れやかで明るく、立派なことか！

白と薄緑色の長方形のタイルで両側の壁は高々と、きっちりと固められて、照明は煌々と言いたいほど明るくきらめき、車は往きも来るも高速で疾走する。

感嘆のあまり上気する媼が、ようやくにして気が付いたのは、出ては入り、入っては出るトンネルの入口に、その名称とトンネルの長さとが表示してあることだ。だが、余程に間《ま》が良くなくては車は高速なのでそれらを読み取ることは困難だ。

ようやっと、キャッチ出来たのが「鬼伏トンネル」三三〇〇メートル。えッ？　そんなに長いトンネル？　そして「3／26」とか「8／26」とかの数字。それは正確に読み取れなかったが、トンネルの順番号だろうか。

「鬼伏なんていうからには、この山に鬼が居て、その鬼を伏せ込んだということか」

と倅が笑った。

そうこうしていると、次が来た。「薬師トンネル」。トンネルに薬師様がいらっしゃるとは。この山の頂に古い小さな薬師如来の祠があるのかも知れない。

白色と薄緑色のタイルを貼り詰めた立派なトンネルは、限りなくと言いたいほどに続く。と、目を射る文字が飛び込んできた。

「親不知トンネル」！

嫗の脳裡に飛び込んだ数字は四六〇〇メートル。えッ？　四六〇メートルの読みちがい？

四六〇メートルならば間もなくトンネルを出るであろう。しかし車は白と薄緑色の壁の明るい隧道を走りつづけて出ることがない。

まあ…、四六〇〇メートルなのだ。一里以上も続くトンネルなのだ。圧倒されて声も無い。ふと気がついた。親不知トンネルという名が付くからには、新潟県の親不知海岸に此《こ》処《こ》は近いのであろう。親不知海岸は新潟県の西端あたり、もうあのあたりに来たか、と「親不知」の昔々の物語が脳裡に浮かびかけたとき、車は四六〇〇メートルを出た。と、程なくまたトンネル。

第二親不知トンネルだと。二二〇〇メートルと。続いての長距離トンネルに度肝を抜かれつつ、第二親不知……という名称に、名付人の苦心のようなものを感じた。

親不知海岸の由来は、その昔々、その海岸に迫った崖に沿う細道を往く親子連れが、荒れる波にさらわれて、親は子を、子は親を見失うほどの難所であることから、と小学校六年生の教室で教わった。「親不知子不知《おやしらずこしらず》」と教わった。とすれば、この「第二親不知トンネル」は、「子不知トンネル」と名付けてもいいだろうが、「子不知」はあまりに〝痛ましい〟と、名付人は感じたのではあるまいか、だから「第二親不知……」と、その土地の歴史的名称はそのまま残しつつ、半ばをとり半ばを削ったか。

そんなことを思っていると、またトンネル「境《さかい》トンネル」というのが来た。三四〇〇メートル。涙が出てきた。感動の涙か、大工事の至難を思っての涙か。

「境《さかい》トンネル」という名称は、越後と越中の国境《くにざかい》のトンネルであろうと思われる。越後の山中を抜けて越中の平野に出るか。このような立派なトンネルを、親不知トンネルの以前に二十三も通過して来たとは、日本の土木事業の力を目のあたりにする感だ。

何年か以前に、元総理大臣田中角栄の「日本列島改造論」というのがあったが、それを論ではなく現実に、この目で見て知る思いである。日本列島改造とは、単に高速の道路を造ることではなく、物流のための道路を造ることであろうから、物流の必要の低い一茶の柏原や妙高を通るはずもなく、より物流の多い須坂、中野、飯山を迂回しても北陸道へと続くのだと、媼はようやく納得するのであった。

日本の土木工業の力といえば、かつてのドーバー海峡の海底トンネル工事を思い出す。日本の掘削がフランス側からだったたか、イギリス側からだったたか、おぼろな記憶ではイギリス側だったたが、海峡の半分を日本の土木企業が掘り、対岸から掘り進んできた他国の土木企業の連中と、海底ドッキングとも言うべく、「わあ……」と大音声と共に相擁して貫通成功を喜び合った光景は感動的であった。

また、ボスポラス海峡（トルコ・イスタンブール）の海底トンネルを日本の大成建設が手掛けるそうだ。最深六〇メートル。距離一・四キロメートル。世界最深の海底トンネルである。新聞で知った。二〇〇九年春に完成だ。こういう話に媼は胸高鳴って困るのだ。


車は富山平野を走る。

空は青く澄み、左手はるかに高い山々が見え始めた。

「立山だね」

と息子。

ああ、古来より霊山と崇められてきたあれが立山か。

立山に連なる山に剱岳という山があると聞く。媼にはどの峰がそれか見分けはつかぬが、剱岳にはロマンがある。剱岳から別山に至る道か、それとも剱岳の中かに、「不帰嶮《かえらずのけん》」という箇所があると聞く。「帰らずのキレット」。その切処《キレット》に落ち込んだが最後、不帰、「死」なのだ。人はそのキレットに不思議な憬れを感ずるらしい。媼もなぜか「不帰嶮」という名に憬れとも郷愁ともつかぬ情が湧くのである。

富山平野は砺波平野へと続く。その境は無い。富山市に近い辺りが富山平野で、砺波市のまわりが砺波平野なのだろう。この辺りは不識、人も不識。

ああ、そうだ一人知る人がいた。Kさんだ。面識の無い人だが、数年前に電話がきた。〝東女大の同窓会富山支部で、西澤聖子著の英語の本が面白いと聞いた。回覧されているが待てないので送ってほしい〟と。彼女は書名を言わなかったが「英語の本」というのは『英語教室三十年』のことであろうと察し、その本は既に絶版であったので、代わりに『英文法遊歩道』を送ったのであった。その返礼に、Kさんは富山の「鱒寿し」を送ってくれた。美味な鱒寿しであった。

砺波平野の先に山地があらわれた。石川県境であろうか。富山県と石川県の境あたりに、くりから峠という名称があったような記憶がよみがえる。松代小学校六年のころか、木曾義仲が平維盛を「くりから峠」で討った、と教わった。牛の角に刃物を束ねて結え付け、尾に葦を束ねて結び付けて点火し、夜陰に乗じて敵軍へ放ちやるという「火牛の計」と聞いた。酷い野蛮な兵法をやったものだ。しかし昔の勝者は敗者を弔った。くりから峠の山中には「倶利迦羅不動明王《くりからふどうみょうおう》」の小祠が在る。

金沢へ

金沢の市街が遠くにチラホラするころ、媼は乗物疲れか、とろりとした。

と、息子の声

「北陸新幹線の橋脚が出来ているねえ」

ハッと目覚めた。

なるほど、媼の左手に、田野を貫いて、コンクリートの、どしりと厚い橋脚が連なり、レールが敷かれるのを待っている。車輌の巨大な重量を支える自信あり気に続いている。

北陸新幹線の完成は平成二十七年と聞く。あと七年。七年先の自分の年齢を媼は思った。九十二歳……。完成した新幹線に乗ることはあるまい。生きて居るかどうかも不確かだ。たとえ生きていたとしても、長野から金沢までの列車に乗る体力も気力もあるまい。

金沢には「鈴木大拙記念館」がある。見学したいという思いが遠くありながら、これも叶うまい。

人生に於ける一つの覚悟のようなものが、チラと媼の心底をよぎる。

註　鈴木大拙（一八七〇―一九六六）。仏教学者、思想家。金沢の人。名は貞太郎。学習院大学、大谷大学教授。禅を中心とする仏教思想の研究を展開し欧米にひろめた。『禅思想史研究』『禅と日本文化』他、多くの英文論文を発表した。昭和二十四年文化勲章受章　『鈴木大拙全集』四十巻。

自動車の走行音を圧して頭上に飛行機の爆音が響いた。

小松市に小松飛行場があるのだと。なるほど、かまびすしい音響だ。道端の松の梢《こずえ》をかすめて飛行機が飛ぶ。

気が付けば道路のこちら側にも、向こう側にも松が植えてある。松並木がつづく。小松市だから松が植えてあるのか、松がこの土地に多いために小松市の名があるのか。近くの山を見れば、そこに繁る樹木は松のようだ。

ふと、想い浮かぶものがある。

上方の箏曲「松尽大黒舞《まつづくしだいこくまい》」の中に、「一本目には池の松」に始まり、「八本目には浜の松」「九つ小松を植ゑならべ」「十《とお》で豊受《とよく》の伊勢の松」と謳《うた》って、浜松とか、伊勢とか、地名が出てくるので、「九つ小松を植ゑならべ」の小松も、ここ加賀の「小松」であろうか、と雑想が飛ぶのだ。

動橋

小松あたりから西は、加賀温泉郷と呼ばれるところだろうか。粟津《あわづ》温泉とか、片山津《かたやまづ》温泉とか有名な温泉がある。入湯の経験は無論ないが、名だけは聞き知っている。たしか山中《やまなか》温泉というのもこの辺りの温泉だ。どれか一つでいい、入湯の体験に恵まれたいものだ。

オヤ、道路標識。〝動橋〟と。動橋《いぶりはし》とルビがついている。

「動」を「いぶり」と読むとは初めて知ること。身を乗り出すような興味に魅かれる。「いぶり」というのは、媼の乏しい語彙《ごい》ではあるが、「人を苦しめること」とか「非情なこと」の意味であると記憶するが、「動」が何故に「人を苦しめる」のか。しかも「橋」が付いて「人を苦しめる橋」とは……。何か災害があって、土地の人々が苦しんだのだろうか、昔々の何かの物語が、この辺りの橋に関係しているのだろうか。

福井県に入ると、一面に広々と、青田がつづく。微風にそよぐ稲の苗は、いかにも越前米のうまさを告げているようだ。

九頭竜川

間もなく川にかかる。九頭竜川《くずりゅう》である。九頭竜とは、九頭即ち九匹の竜、の意味ではなく、頭を九つ持つ竜の意味であろう。「九」はまた、数の多いことを意味するから、頭が五つであっても六つであってもかまわない。多頭の竜、即ち、霊力甚大な鬼神であろう。

信濃の国は戸隠山に、九頭竜神が祠られている。戸隠奥社に、手力男命社と並んで、あるいはそれより古くから、九頭竜社が在る。

九頭竜は水の神である。戸隠山を源《みなもと》として湧き流れ落ちる水は、山麓の古代人の稲作の田もうるおし、畑の野菜を育て、まさに「命のもと」となる水であったから、人々は「地《じ》神《がみ》」として崇め、社《やしろ》を造って祀《まつ》った。

戸隠奥社の「みたらし」は、甘露、甘露である。命の水、まさに霊水である。

いま、ここ越前の平野を流れる九頭竜川も、その源はおそらく越前の山奥、美濃との国《くに》境《ざかい》あたりに発するものであろうと、地図を見れば、何と、国境の油坂峠の近くに小さく「九頭竜」という文字が読めるではないか。大河の九頭竜川もその源は「濫觴《らんしょう》」か。さかずきを浮かべるほどの微水から流れ流れて越前平野をうるおし、青田を広々と育て、うまい越前米を産出するのだ。

上品上生印

整備された北陸自動車道をどのくらい走ったろうか。

やがて、脇道に折れた。

山が眼前に、遠くはあるが山の気を送ってくる。

永平寺町に入ったのだ。素朴な町並をしばらく行き、やがて、われらが宿舎はここか、と車をようやく止めた。車は息を吐いている。「つむろや」と書いた入口が二つある。黒くて大きな建物。

過日、長野市のＪＴＢで、永平寺近郊の旅館をさがしたが、二つある旅館のどちらも満室。ＪＴＢの社員が労をいとわず電話で探してくれて、ようやく一軒「民宿つむろや」に予約できたのだった。民宿での宿泊は経験がないので不安が無くもないが、息子の貴重な休暇を利用しての永平寺参行である。民宿であろうと何であろうと、宿泊できるところがあれば、それでよい。

黒くて急な階段を上ると、そこに洗面所があり、釣竿が置いてある。左に曲って廊下の半ばの指定された一室に入った。六畳ほどの簡素な部屋。一隅に形ばかりの小さな床の間、掛軸なし。

と、部屋に急に赤い光が射し込んだ。見ると窓の向こうの山に、まさに夕陽が沈まんとして、最後の霊光を放っているのだ。

しばし眺めた。息を大きく一つ吐《つ》いた。壮麗な入り陽の瑞光に恵まれて、この部屋に入ったことを悦《よろこ》んだ。

横になって一休みしていると、夕食の案内があって階下へ行った。

十畳ほどの和室が二つ並んで、がっちりした坐卓が三つ四つ、食器を並べて客を待っていた。案内の人がどこでもいいと言うので、二人分の膳がある卓に息子と向かい合って坐った。

媼は息子の肩越しに大きな床の間を見、そこに古い刀剣や太鼓などが置かれているのを認めた。その床の間の隣に仏壇があり、その幅は一間《いっけん》(一八〇センチ)もあろうか、大きな仏壇だ。

仏壇内の装具もまた大きく、昔ながらの真鍮《しんちゅう》の立派な瓔珞《ようらく》が左右に一対《いっつい》下がり、燈明立も瓔珞と同じくよく磨かれて光る三〇センチあまりの五重立の一対。太いろうそくが立ち、燈明があかあかと灯《とも》されて仏壇は息をしているようだ。

聞いたことがある。

昔々、越前を始め加賀、能登、越中などの人々は一向宗《いっこう》（親鸞の浄土真宗）の信心ことさら篤く、農民も貧しい平民も斉《ひと》しく一向《ひたすら》に「南無阿弥陀仏」と念仏すれば、極楽往生の素懐を遂げることが出来ると信じ切っていた。彼等が起こした「一向一揆」の並々ならぬ決断と行動も、確然たる信心ゆえに可能であったものだろう。

それゆえに彼等は信心する阿弥陀如来を殊更に尊び、その如来の在《いま》す処を荘厳にしようと、仏壇を立派に設《しつら》えたものであろうか。

燈明の炎は風も無いのにゆらぎ、彼等の信心の篤さを物語っているようである。

夕食は一汁五菜、多からず少なからず、特に刺身は新鮮で美味。

椹《さわら》の大きな飯櫃《めしびつ》の蓋を開ければ、立ちのぼる湯気もお美《い》しい越前米の光沢。

夕食がすむと媼は、仏壇の前に坐り、香を炷いて合掌した。

目を上げれば、仏壇の奥、高くに在《いま》す本尊は、上品上生印《じょうぼんじょうしょういん》を結んでおられる。

上品《じょうぼん》印とは、浄土宗、浄土真宗における仏像の「印相《いんぞう》」のことで、その形は、拇指と人さし指の先とを合わせて印を結んだ形を謂い、その左右の掌を重ねた印相を上品上生印《じょうぼんじょうしょういん》と謂う。阿弥陀如来の印相である。

鎌倉の露坐の大仏はこの上品上生印を結んでいるので阿弥陀如来であって、釈迦牟尼ではない。

釈迦如来の印相は、左右の掌を重ねて、両の拇指の先を合わせる印相である。

永平寺

翌朝。

永平寺への道は、田畑の間の小道をしばらく行き、山間《やまあい》の小道にかかり、やがてこれが永平寺という巨大な石柱の前に出た。「曹洞宗　大本山　永平寺」と刻まれている。

車を指定の駐車場に預け、門前に返すと左右の石門に文字が見える。

右に　杓底一残水
左に　汲流千億人
漢詩漢文に疎い媼だが「杓底《しゃくてい》の一残水《いちざんすい》」と読んでみる。何か意味の深そうな良い言葉。

次は「流れを汲むこと千億人」と読むだろうか。後ほど寺の僧に教えてもらうことにして、先ずは寺域に入る。

戸隠の奥社参道のように、永平寺参道も一キロほどのけわしい参道でもあろうかと、杖を用意していたが、意外にも道は広く、坂道ではあるが二〇〇メートル足らずで伽藍入口に着いた。

伽藍といえば、七堂伽藍という名称が思い浮かぶ。大寺の結構の壮大さを謂うものだろう。永平寺には七堂伽藍を初めとして、七十余棟が約十万坪（三三万平方メートル）の寺域に甍を連ねると聞くからおどろく。

ところが、伽藍なる語、これは梵語のSamghāramaの音写であり、僧伽藍摩《そうがらんま》と漢字を当て、これは僧が住んで仏道を修行する清浄閑寂なところを意味した。壮大な寺院の建物を謂うものではなかった。さらに僧伽藍摩は「伽藍」と略されて、現今では清浄閑寂は消えて、建物結構のみを意味するようになった。

さらに、「七堂伽藍」の結構の内容が、現在では仏教宗派によって異なるそうである。一般には、塔・金堂・講堂・鐘楼・経蔵・僧房・食堂《じきどう》の七堂である。禅宗の七堂伽藍は、山門・仏殿・法堂《はっとう》・僧堂・庫院《くいん》・浴室・東司《とうず》の七堂である。

余談ながら、禅宗の「禅」とは、パーリ語のジャーナ（jhāna）、サンスクリット語（dhāha）の音写「禅那」の那を略したもの。dhānaは静慮と意訳されるように「禅」とは「静かに考える心」。また、ジャーナは「定」とも意訳されるので、禅と定とを一緒にして「禅定」という。

日本の禅宗に三派あり、臨済宗・曹洞宗・黄檗宗。

臨済宗は唐の臨済を祖とし、鎌倉時代前期に栄西が宋より伝えた。修行は厳しく「臨済の大喝」といわれる。栄西は宋より茶の種を持ちかえり、宇治に茶を栽培した。

曹洞宗は開祖道元。内大臣久我通親の子である。はじめ栄西に学び、一二二三年に入宋し、如浄に学び一二二七年に帰朝。のち越前は志比庄《しひしょう》の地頭、波多野義重の勧請を受けて志比庄に移り、はじめ大佛寺を、のち永平寺を創建した。

黄檗宗は臨済宗の分派で、明《みん》の黄檗山万福寺の隠元が一六五四年に来日し、京都宇治に黄檗山万福寺を建立した。

三派あれど、共通するものは「坐禅」である。只管打坐《しかんたざ》である。只管《ひたすら》に坐って余念をまじえず心をととのえる。

坐　禅

近頃、この「坐禅」を「座禅」と記《しる》すのを多く見受ける。正しくは「坐禅」である。なぜならば「坐」と「座」とでは「よみ」は同じであっても意味が異なるのである。「坐は座の簡略」なのではない。

「坐」は人がすわる動作をあらわし、「座」は場所をあらわすのである。

昔、江戸幕府が設けた、幕府直轄の銀貨鋳造発行所が京都・江戸・大坂・長崎にあった。それが不正事件によって廃され、一八〇〇年以降は江戸の銀貨鋳造所のみとなった。その銀貨を鋳造する場所が「銀座」となり、現在の東京都中央区にその名を残している。

他に、坐る場所、日本家屋の「座敷」というのもあるではないか。「坐敷」ではない。


さて、一般の永平寺参観者は七堂伽藍の第一番、山門からは入れない。吉祥閣から始まる。永平寺の山号は吉祥山である。

吉祥閣は地下一階、地上四階の鉄筋コンクリート造り、冷暖房付きの近代建築である。

驚いた。建坪約九百二十坪と聞いて、思わず足もとに目を落とした。既に靴は無い。永平寺と刻印されたスリッパの足が磨き込まれた床の上にある。

吉祥閣は「研修道場」である。数十億円余りの巨費を投じて昭和四十六年に完成したものという。嫗の心中の、越前山奥の永平寺の古色の想念は忽ち崩れ去った。

一階は総受所と広いロビー、応接間、拝請係《はいしょうけい》(売店)、伝道部の勧化室《かんき》などがある。この勧化室で一般参拝者は係から全山の概要の説明を受けて、その後に拝観に出るのである。吉祥閣から辷るほどに磨き込まれた階段を静かに上ると展開するのは大広間、傘松閣である。

真っ先に参観者の眼を射るものは、その格天井であろう。無数と言いたいほどの格天井は、その一つ一つが花鳥彩色絢爛たる絵画で埋めつくされているのだ。

勧化室でいただいた案内書によれば、格天井の数、二百三十格、絵画数も二百三十枚、日本画家百四十四名と。傘松閣格天井揮毫者名簿というのを見れば、百四十四人の中に嫗の記憶にある画家の名もある。

池上秀畝、川合玉堂、矢澤弦月、伊東深水等である。だが、どれが誰の作品であるか見分けはつかない。嫗には均しく絢爛豪華な天井画である。

二階には大講堂もあり、二百畳敷で、参禅したり法話を聞いたりする参籠者の研修に使われるという。

三階は、参籠者が宿泊するための和室が設けられてあり、四階は写経室等、研修の場に当てられている由である。

溜息のような深い息を吐《つ》きながら廊下に出て次の建物に向かうと、東司と書いてある。東司《とうす》はお手洗いである。磨き込まれた清浄感がただよっていて、とても世俗人の用は足せない感じである。

さもあらん、永平寺の「東司《とうす》」は、人間の体内の汚物を排出する場であるのみならず、精神内の汚物をも排出する場であると聞く。なるほど、東司の土間にも、各箇の板戸にも、えも言えぬ目が伏目がちに光っていて、不心得者は寄せ付けぬ気がただよっている。

さらに、永平寺の東司は、身心のみならず、国土の全てが浄くなるよう祖訓が説かれるというから、スケールは壮大だ。

東司の入口を垣間見ただけの媼は、精神の汚物まではとても叶わぬこと、せめて己が陋屋のトイレを心を込めて掃除を……と思うのであった。

廊下を更に進むと、右手に広い中庭があらわれた。清められた白砂の中に老松が三、四本、威儀よく濃緑の枝をひろげている。

もしもここに、そよ風が吹けば、松籟の音はいかばかりのものだろう。琵琶の音色？……そうではあるまい、バイオリンの音《ね》、あのストラディバリウスの音色《ねいろ》のような、絹糸が夕陽に光るような高貴な音色であろう。なにしろ、この中庭を隔てた向かいの庫院《くいん》には四階までエレベーターが昭和五年以来設置されているという永平寺であるから。

中庭に面して廊下の左手は僧堂である。

僧堂内は、畳敷でも板敷でもなく、固い土間、三和土《たたき》である。両側の壁に添って坐禅のための細い畳敷があるのみ。僧衆は壁面して結跏趺坐する。

結跏趺坐は、「跏」が足の裏、「趺」は足の表をいう。左右の足の甲（趺）を、それぞれ反対の股《もも》にのせて、足の裏（跏）が上を向くように組む坐相である。

手は左右の掌の表裏を重ねて、拇指と拇指とを相接し、目は半眼に開く。

媼もかつて坐禅を試みたことがある。媼の太くて短い脚は結跏趺坐は勿論無理、半跏趺坐も出来ず、胡坐《あぐら》である。手は問題なし、目は半眼に開いていると、目に映ずるものから雑念が湧いて不可、目を閉じてやった。

半眼

いま「目は半眼に開いて」という行法に更めて目が停まり、ああ、そうか、とある「?」が解けた思いである。

「?」とは、道元の「正法眼蔵」という書の標題の意味である。正法眼蔵の一行すら読んでいない下衆がその意味を喋々するのは不遜に過ぎるが、かねてから媼はその意味を、その標題の文字そのままに「正法は眼が蔵する」と解していた。山にも川にも、森、林、野、空にも月にも地の草にも、真理はこの目に映ずるものすべてに存在する、と。しかし、もっと深遠な意味があるやも知れないと、半ば「?」があったのである。

それが「半眼を開いて」の坐禅ということから媼の不明が氷解した。沈思黙然し、この世の真理にあやかろうとする者は、結跏趺坐して背を伸ばし、顎を引いて目を開ければ、目は自ずから半眼になるのだ。この半眼に映ずるもの、顕在するもの一切、山川草木悉皆正法であるから、閉眼の結跏趺坐では正法も視ることかなわずということなのだ。正法とは侵しがたい天地の理法のことだろう。これを別のことばで言えば、神であり、仏であろう。

ふと、媼の脳をよぎるものがある。

日本の山の頂上には小さな祠が奉祀してある。古《いにしえ》の日本人は崇高な山に神を視た。一例を挙げれば、槍ヶ岳の頂上に、昔々江戸時代、播隆《ばんりゅう》上人という行脚の僧が民の安寧を願って、一万尺の岩峰を攀じ登った。当時、江戸の大火、京都の大地震、諸国饑饉、飢え死、行き倒れ等、災難困窮が続いた。その救済を播隆上人は神在《いま》す崇高な槍ヶ岳の山頂に祈った。他にもこの種の山々は日本には多かろう。

神在《いま》す山であるから、日本の人々はそこを征服しようなどとは考えない。六根清浄、御《おん》山晴天《やませいてん》なのだ。

蛇足ながら、道元禅師の『正法眼蔵』九十五巻の以前に、宋の宋泉大慧の『正法眼蔵』六巻（一一四七年成立）がある由、どのような書物か、はるかに遠い杳然の彼方だ。

僧堂の前廊下を北へ進めば、仏殿である。仏殿は黒い石畳の壮重な空気がただよい、威厳を感ずる。そのはず、ここには永平寺大檀那諸氏の位牌が安置されているということだ。徳川家代々、越前松平家、若狭酒井家、彦根井伊家のそれぞれの位牌である。それに加えて、永平寺唯一の――檀越《だんおつ》というそうだが、岩崎弥太郎翁はじめ岩崎家の位牌が安置されているそうである。

仏殿のさらに北にあるのが法堂《はっとう》。普通の寺でいうところの本堂に相当する。三百八十畳の大本堂だ。

法堂の本尊は聖観世音菩薩《しょうかんぜおんぼさつ》であると。聖観世音菩薩と聞いて媼の心は浮き立つ。

聖観世音菩薩を本尊とする西国三十三観音霊場をはじめとして、日本百観音霊場をおよそ十年かかって一人巡礼した者にとっては親しみさえ湧いて心浮き立つのだ。

法堂《はっとう》では、毎朝、永平寺全山の僧による勤行《ごんぎょう》がおこなわれ、その第一番に読誦《どくじゅ》する経が観音経で、次に般若心経が読誦されると聞けば、般若心経は媼の唯一唱えられる経であるから、法堂には一層親しみが湧くというものだ。

また、法堂では珍しいものを見た。

白獅子

本尊の在《いま》す中央昇殿の左右に、小さからざる白獅子が向き合って在《あ》る。よく見れば、阿《あ》吽《うん》の二頭である。仁王の阿吽像は聞くが、白獅子の阿吽は初めてのこと。さて、聖観世音菩薩と白獅子とはどのような因縁関係があるのだろうか。媼には不明のことが多々ある。分からぬことは分からぬままに過ぎるより仕方ない。心に溜めていれば解る時に出会うのだ。

前著『天平のほとけたち』の東大寺「二月堂」の章で、三月堂から二月堂へ昇る石段に、唐草模様や青海波、三角菱形等の彫りがあるのに目が止まり、多数の人々が足で踏む固い石段に模様を彫り込めた昔日の石工の心に思いが及び、その黒い石は何石であろうかと知りたかったが、分からぬままであった。後日、『天平のほとけたち』の読者の一人から「あの石段は玄武岩です」という便りをもらい有難かった。今回も、法堂の白獅子の由来を読者の誰かが教えてくれるかも知れない。


媼の手許に、覚え書きとも雑記ともつかぬ一冊がある。これには英文英詩あり、漢文漢詩あり、単語あり偉人の言あり、諸々の備忘録である。これのページを繰っていると心たのしい。

その一頁に「猊下」なる文字を見た。記載日付は二〇一三・八・三十。大分前のことだ。その説明に「猊下とは高僧に対する敬称」と。媼はこれを記入したことも、その意味も忘れていた。更に、「猊」とは「獅子のこと」とあるではないか。ハタと膝を打った。そうか、法堂の白獅子は高僧の象徴か。聖観世音菩薩の御前に、二人の高僧が侍しているのだ。二人の高僧は開祖道元と二祖の懐奘《えじょう》でもあろうか。

懐奘

法堂から少し下ると、右手に承陽門がある。その門の奥に立派な一宇があり、承陽殿とある。足を進めてみると、それは道元禅師をはじめ、歴代の禅師の位牌安置の一宇であった。

幾十とも知れぬ位牌の排列。しんとして身の引き締まるものがある。ここで媼は初めて「承陽大師《じょうようだいし》」という諡《おくりな》が道元にあったことを知った。同時に承陽殿の意味も了解した。

師道元に仕えること生前滅後五十年という二祖懐奘《えじょう》の位牌はすぐに目にとまった。「孤雲懐奘大和尚」とある。

懐奘という名について、媼の胸中に一つの思いがただよう。

その昔々、唐のころ、仏典は学問そのものであった。

学を求める思念に燃える男、玄奘三蔵は、いや、奘《じょう》という名の僧は、千里の砂漠、砂熱をも遠しとせず、学の蘊奥を求めて歩きつづけた。そのひたすらなる情念に胸ゆり動かされ、その奘《じょう》なる僧を懐《した》い思う心やまず、己が名を「懐奘」とした後年の老僧がいた。これは媼の勝手なロマンであろうか。

懐奘は、師道元の『正法眼蔵』九十五巻や『永平広録』十巻などを校合編集した人であった。また、師道元の日常の教えや法話を筆録した『正法眼蔵随聞記』六巻がある。師より二歳年上の懐奘は、道元が五十四歳で遷化《せんげ》した後も、己が八十二歳で示寂《じじゃく》するまで、生ける師に仕える如くに侍したと聞く。

永平寺の壮大な伽藍の中に「孤雲閣」なる名称の一棟がある。ここは、承陽殿の御真廟に仕える役目の僧(侍真)の詰所で、その名称は、生前滅後も師に奉仕した「孤雲懐奘禅師」の名より取ったものである。孤雲懐奘の名と彼の行は、世の末々までも後輩修行僧たちに伝わるわけだ。

永平寺山内を一巡拝観して出口に近い広間に出ると、一隅に「御屋根修理御寄進」なる一板があった。この種のものを素通り出来ない媼は幾許かの寄進をして記帳し、ここが永平寺の最後と感ずる心が、寄進係の僧に一問を投じた。正門の「杓底一残水　汲流千億人」の読みと解釈とを問うた。

若い僧は「杓底の一残水、流れを汲む千億人」と応えて、この一句は七十三世の福澤泰《たい》禅《ぜん》師がご自分の句を正門に刻まれた、と教えてくれた。そして、その意味を

「一杓の水でも元の川へ流れることによって多くの人々が恩恵にあずかる」と説明した。

媼はまた、次のように解釈した。

「杓底の残水を一人が汲み、その一人の水を次の二人が汲み、その二人の残水を次の四人が汲み、そのようにしてやがて千億人の人が禅の奥義に、やがて天地の真理に与かるのだ」と。

自然にこのように解釈した媼の胸には、聖書のマタイ伝の記事があった。それは、五つ

のパンと二つの魚が、キリストの祈りによって、五千人の腹を満たした、との記述である。何となく「杓底の一残水、流を汲む千億人」に似ていはしないだろうか。

翌朝、つむろやの朝食は、程よい時間に好い香りをただよわせて客を誘った。

食事場にはすでに二十人ほどの男女が坐っていた。昨夜と同じ席に息子と相向かいで坐ると、つづいている隣のテーブルに五十がらみのそれなりの男客が来て坐った。媼が「おはようございます」と言うと、その男性も「おはようございます」と返して、われら二人を見くらべるようにしつつ、

「いい顔をしていらっしゃいますねえ、お二人とも」と言った。

白髪皺面の老女と、イケメンには遠い息子は、ただ苦笑いである。老女は

「永平寺さまのおかげで――」と返した。

息子が可笑しそうに言った。

「母は八十五です」と。
すると、土地測量士というその男性は目を大きくした。
「八十五？　そうは見えません……せいぜい七十五前後――」媼は
「大正十二年生まれですから――」と付け足した。
すると、測量士の助手だという、老女の隣に坐っていた白髪頭《しらがあたま》の六十過ぎと見える男が
ぼそりと言った。
「オレのおふくろ、大正十三年生まれ」
その瞬間、三人はどっと笑った。何の笑いであったろうか、楽しい一日のはじまりで
あった。

東尋坊

つむろやの玄関前の道路に太い電柱が立ち、そこに「東尋坊三三キロ」と表示がある。

東尋坊はよく聞く名勝、東を尋ねるとは美しい名だ。

さて、三三キロか、近い距離ではないが、行ってみたい処。

つむろやの女将は親切にも、頼んだわけではないのに昼食のおむすびをつくってくれた。

車は西を指して走った。九頭竜川に沿って下った。おだやかな田野がつづく。気分は爽やかである。

東尋坊の観光区域はかなり広く、駐車場から海辺までの道は、両側に土産物屋や飲食店が並ぶ。傘を差して長い道を行くと、漸く海辺である。どこが東尋坊の名勝やら、すぐには分からぬ。

しばし、広大な海を眺めやった。

青い海は美しい。海は動いている。巨大な体に、万億の波を立てて動いている。生きているのだ。万物を生み出す海だ。

遊覧船がいる。

切符を購入して船に乗った。

船が海上に出ると、漸く陸側に東尋坊の名にふさわしい絶壁を眺めることが出来た。

船中の誰かが「幾日ぶりかの平穏な海だ」という。

東尋坊は高さ二五メートル、輝石安山岩の柱状節理の絶壁である。それが日本海の怒涛による浸食を受けて豪壮な景観となったという。

ここで驚くようなことを知った。

安山岩は、アンデス山脈で発見され、その名はandesiteに由来すると。この岩石は長野周辺どこにでもある。建築用材として普通に使われる。わが家の庭の小池の縁を固めている石たちでもある。平凡なこの石の生まれが、遠くアンデス山脈九〇〇〇キロを母とするとは。アンデス山脈には標高六〇〇〇メートルを超す高山が連なっている。だが、日本国内に安山岩が産しないわけではない。富士山系が主な産地であるそうな。

切り立った東尋坊の岩屏《がんびょう》は、輝石安山岩の名とはおよそ異なる黒褐色で不気味だ。断崖絶壁から身を投ずる人が少なくないとか。自殺名所とは悲しいことだ。

東尋坊の名称の由来は、昔々東尋坊という名の僧が、素行悪しく粗暴で、仲間から憎まれて崖の上から海に突き落とされたとか、平安時代の僧たちは、そんなものだったのか。あるいはまた、美女に懸想して、その恋がたきに突き落とされたとか。伝説としては後者のほうがよかろう。粗暴な男にしろ、横恋慕にしろ、東尋坊なる男は哀れな男よ。

駐車場のベンチで、つむろやの女将が作ってくれたお結びを食べた。何と鱒ずしであった。程よい酢味が美味である。

満足な胃袋の眼に、安宅の関へ三〇キロの表示が見えた。腹が出来ると元気が出る。日本中が知っているあの弁慶と関守富樫との「勧進帳」。

車は北に向かった。

走行する道の右に、左に、山中温泉、山代温泉、片山津温泉、粟津温泉。このあたりは名湯が湯煙をきそっている。

やがて海辺の砂浜に車は停った。

安宅の関の表示がある。こんな砂浜に関所?

関所というのは、国境《くにざかい》の山地にあるものと思っていた。箱根の関所にはじまり、白河の関、不破の関（美濃）、愛発《あらち》の関《せき》（越前）。

案内表示に従って砂地の坂を上って行く。松の緑が生い茂っている。可成り上ると、正面に安宅住吉神社というお宮があらわれた。立派な神社である。大阪に住吉神社という社があるが、こんな辺鄙な地に住吉神社、大阪の住吉神社の支社か。神官が一人、若い巫女《みこ》さんが二人いる。歴とした神社だ。何様を祀るか知らぬが賽銭を投じ、二拝二拍一拝の拝をした。神官が御幣を振ってくれた。やさしい目で私たちを見ている巫女の一人に尋ねた。

「安宅の関へはどう行けばよろしいですか」

「お宮の横の道をおいでになると、すぐ関所址《あと》です」と。

安宅住吉神社の横手の道を行くと、小高い丘があり、「安宅ノ関址」の立札が一本、松の疎林の中に黙して立っていた。

人影は全く無い。小鳥のさえずりも無い。ただ幽かな松風のみ。

約八百三十年の昔、ここに八百三十年間絶えることのない人間の物語を生み出した人々がいた。

安宅関守　富樫左衛門
武蔵坊辨慶
判官源義経
その従者数人

安宅の関は従来から在った関所ではない。源義経が兄源頼朝の討手をのがれて、奥州の藤原秀衡を頼り、ひそかに日本海沿岸を行くであろうことを察知して、頼朝が急遽設けた臨時の関所であった。

義経一行は山伏姿に身を変え、弁慶の苦慮の末、義経は荷を負う一介の従者に身をやつし、この関所を無事に通過することを願った。

山伏姿の一行の最後から従う義経の背負《せおい》の荷の中には、もろもろの雑物の間に、彼《か》の笛がひそかに仕舞われていたであろうか。有名な「蟬折《せみおれ》の笛《ふえ》」

その昔鞍馬山から京の都に下りてきた牛若丸のくちびるに、平安の頃より名高い銘器、蝉折の笛は、「ひるるひょろろ」と京の都の五条橋の宵空にひびき渡ったであろう。弁慶との縁《えにし》を結んだ笛でもある。あの笛を義経は手放すはずはない。

いま、幾百年を経て、彼《か》の笛に思いを致し、この小丘の松籟の音に混ってその笛の音が……と耳をすますのは媼の感傷か。


越前四日目の朝、大きな坐机の三方を、昔風の黒褐色の細格子で囲った帳場で、宿泊の精算をすませた倅は
「五枚でおつりが来たけど、昨日の鱒ずしのお結びがおいしかったから、置いてきた」

と言って靴を履いた。

そうだ、昨日おかみさんが持たせてくれたお結びは「鱒ずし」であった。お釣りでは足りない美味しさであった。

越前の人のやさしさに送られて、車は北を指して走り出した。ひたすら走った。倅は黙

して只管《ひたすら》ハンドルを握った。わずか三泊の旅ではあったが、さすがに八十五歳は、安堵と共に疲れも出て、車の後部座席で横になった。


夢うつつの中に東尋坊の海が浮かぶ。

輝石安山岩の濃褐色の断崖が、波にその脚を打たせて、どうだ、向かって来い、と、そそり立つ。

人智を寄せつけぬ畏怖がある。

波たちは自由に、踊りつ、打ちつ、引きつ。

波の果て、地平は遠く遠く、巨大な曲線。


ふと、目覚めた。

「いま、どこ?」

「富山」息子の返事。

もう富山か。体を起こすと右手に遠く山々。

ああ、立山だ。うす紫の立山連峰。壮大、崇高、威厳――。

「山は哲学……海は科学……」耳目の奥が呟いた。

ふたたび横になった。目を閉じるそこに、立山がある。立山の裏に剱岳がある。剱岳の向こうに唐松岳、唐松の奥に五竜……。

「山」は動かず、黙して語らず、「我がこの言葉が判るか、この言葉を解せ」と。

「海」は絶えず動き、声々を発し、万物を生み出す。

「山は哲学、海は科学」　再び呟く。

黒部　立山　不帰《かえらず》の嶮

「篠突く雨」とは、こういう激しい雨のことを謂うのだろうか……。

フロントガラスは大粒の雨に打たれて、前方がよく見えないほどに雨水は流れてまた流れる。

長野の家を出るときは、空は曇ってはいたが雨は無く、上越あたりまでは曇りであった。往く道は、五年前に永平寺を訪ねたときの同じ道であるから、何となく安心感のような心地があって越後路にかかり、例の青色白色のタイル壁の立派なトンネルをたのしみ、鬼伏トンネル（三三〇〇メートル）を抜け出ると、フロントガラスに雨粒が飛んできた。オヤと思う間もなく、雨は車の走行を遮るように激しくフロントガラスを打つ。衰える様子もなく打ちつづける。当《まさ》に篠突く雨だ。

媼は「天気女」と謂われるほどに、彼女が出かける時は、たとえ天気予報が「雨」であっても、出発の日は「晴」となり、また、朝がたに降っていても、出かける時刻になると「おや……」と思うほどに、雨は霽れ上がるのであった。

それが今は容赦なく「天気女」の名を踏み潰すような篠突く雨……。フロントガラスに打ち当たるバラバラバチバチという音は、天気女の前途の運命を暗雲にとざすかのような不安感と不祥感の音ともなって媼を萎縮させるのである。

しばらくは、どこを走っているのかも判らぬほどに、ただ雨に耐えるばかりの苦と沈黙の走行だ。

と、トンネルに入った。トンネル入口の表示は見えなかったけれど、鬼伏トンネルの次は親不知トンネルだろう。四六〇〇メートルの長いトンネルだ。トンネルの中は雨は無い。ここを走っている間に激しい雨が止んでくれると有難いが……。

白と緑のタイルのトンネルは豪雨とは別世界。先刻までは息を殺すような縮小の空間であったが、白と緑の空間はほっとさせて肩のこわばりを解いてくれる。しかしそれは長くは続かない。トンネルは必ずぬけ出るのだ。

親不知の長いトンネルを出たが、雨はまだ続いている。篠突く雨の勢いはやや衰えたかに見えるが、フロントガラスを叩く雨はまだ続く。

と、またトンネル。トンネル入口の表示はやはり雨で確認できない。しかしこれは第二親不知トンネルだろう。嫗が五年前に勝手に名付けた子不知《こしらず》トンネルだ。このトンネルは二二〇〇メートルだったかな。

親不知トンネルといい、子不知トンネルといい、こういう立派な長いトンネルを、二十六通も計画し、それを建造した往年の人々にまた更めて敬意と称讃の思いが立ちのぼってくるのだ。

そうこうするうちに、雨はやや力が衰えてきた。天は、天気女の鼻を挫くことに一応成功したと見たのか、大雨は力を弱めて中雨となり、小雨と変じて、漸くに嫗の愁眉を開くほどになった。

北陸自動車道黒部ＩＣを左に折れて、しばらく進むと道は狭く、両側は草むらで、往く車も来る車も無い。気がつけば左側の草叢の土手の下を川が流れている。

「黒部川だね」

と倅が言う。

谷のように深い所を流れる清流と、その流れを囲むような両側の木々や草々のさわやかさは、あたかも戸隠へ上るバス道と似ていて、爽快と共に親愛感がただよう。

人家も畑もない。山また山の路を小型車はエンジンをふかす。

ようやく、ポツポツと、人家が見えてきた。その人家の数が少しずつ増えて、漸く集落らしくなると、やがて湯気の立つ温泉地であることがわかった。

宇奈月の町に入ると、山の気は失せて、それは繁華な温泉街であった。

道行く人に「宇奈月グランドホテル」を尋ね、小路を一つ二つ曲って行くと、広い空間に出た。ホテルの玄関前の駐車場だ。

チェックインにはやや早い時刻だったが、広いロビーのソファーに、やれやれと身を置いていたのは、五分か八分か。部屋へと案内があった。

良い部屋だ。窓から山と谷が眼前に見え、右側前方に建つ堂々と立派なホテルは、宇奈月国際ホテルであろうか。宇奈月国際ホテルは、宿泊料が二万円であったので、（ＪＴＢで予約するとき）一万七千円の宇奈月グランドホテルに予約したのだ。

宇奈月温泉の湯は、「いい湯」であった。食塩炭酸泉のゆたかな湯は、目にやさしく滑らかで、憩いをもたらし安心感を与えてくれる。日本全国に名だたる温泉であることが頷ける。

ゆっくりと温泉を愉しみ、名残り惜しい心地で湯場を出ようとするとき、壁の一部に「おお！」と心中におどろく物に出会った。

それは、幅二メートルほどの、高さが天井までのタイル壁である。青色と白色の模様タイルで、それは媼が幼い頃に信州の渋温泉か角間温泉かの浴場の壁に見たものと同じ青白模様タイルであった。こういうタイルは近年、どこにも見ることがない。これは宇奈月温泉の古い歴史を語るタイルであると同時に、媼には遥かなる郷愁を呼ぶタイルでもあった。

さて、翌朝は驚くばかりの快々晴。昨日の豪雨暗天とは打って変わっての青々碧々の大空だ。天は「天気女」の鼻を挫くのに大成功したと満足してのこの快晴であろう。

エンジンの音も快調に出発した。

倅が言う。

「今日は、たっぷり時間があるから、称名滝へ行ってみようか」と。

老女は「しょうみょう滝」の何たるやは知らず、「諾々」。この快晴が何でも「諾々」させる。

昨日のぼった同じ道を、今日は黒部川を右手に見ながら下って行く。

地図を見れば、黒部川は富山県の東部寄りの黒部市全域のほぼ中央を貫通して日本海にそそぐ。黒部川の源流はどこなのだろうか。上流の山奥の黒部湖だろうか。

さらに地図を広げれば、たしかに山中の奥の黒部湖につながっている。ところが黒部湖から更に南へと、川をあらわす細い線がつながっているのだ。その曲りくねった細い線の先は三俣蓮華《みつまたれんげ》か、と見えるが、正しくは鷲羽岳《わしばだけ》二九二四メートルである。

鷲羽岳の標高は、その近くの野口五郎岳二九二四メートルと同じ標高なのだ。変わった名前のこの二つの山はほぼ並んでお揃いの二九二四メートルを誇っているのだ。そうか、黒部川は、その鷲羽岳を母体として生まれ、九〇キロメートルを流れて日本海に行くのだ。

黒部川は大河と言われるほどの川ではないだろうが、それでも、その水源は鷲羽岳の峯近くの人跡まれな濫觴《らんしょう》であろう。揚子江ほどの大河も、その源は濫觴であるという。つまり、黒部川もその源は觴（さかずき）を濫（うかべる）ほどの、ささやかな細いきれいな水流であろうと、媼のロマンティシズムは想像をめぐらし、情景を心に画いて愉しむのである。

三俣蓮華《みつまたれんげ》という華やかな名を持つ山は、三国《さんごく》、つまり飛彈（岐阜県）、越中（富山県）、信濃（長野県）の三国にまたがる山であることを意味する。北アルプスの交差点とも言われ、黒部川源流々域の原生林が茂り、山の花々が美しく、そのお花畑が有名な秘境であるそうな。三俣蓮華という名称からもその景が想像できるではないか。三俣蓮華の標高は、二八四一メートルである。

そうこうしていると、車は黒部ＩＣを左折して有磯海ＳＡを過ぎ、滑川ＩＣも通過して立山ＩＣに到着。

宇奈月から立山ＩＣまで、約一時間半。整備された国道の一時間半は、それなりの距離であろう。

しかも、この走路は、後立山連峰の山裾の、そのまた裾を、ぐるりと廻ったことになる。なんとなく愉快である。

立山ＩＣで高速道を降りて、南への道を行く。人家がつづき、普通の町並である。やがて山坂にかかって一時間、「車留」の大きな文字があって、われらが小車も大きな息を吐いた。

「称名滝まで一・四キロ」と立札がある。一・四キロを歩くわけだ。

昨日の大嵐の中の走行を思えば、今日のこの快々晴の下、一・四キロの歩きなど、九十歳の媼といえども愉々快々というものだ。

愉々快々で、ふと振りかえると、倅が五、六〇メートル後からゆっくりと来る。？……滝への坂路を味わって歩いているのだろうか。

滝に近くなるにつれて、滝はまだ見えないのに、しぶきが降ってくる。滝の音も間近、一・四キロの二〇〇メートルを残すあたりから、「滝」が白く見えはじめた。

あたりに滝を観に来た人の姿は無いが、道路を補修している男の人が一人いた。

「こんにちは」と媼が声をかけると、その男の人は手を止めて言った。

「今日の滝はいいですぞ。倍もある。昨日、大降りしたからネ」と。そして更に言った。

「南無阿弥陀仏もデカイが、ハンの木滝が昨日の雨であらわれたよ」と。

ハンの木滝というのは、普段には現われない滝だそうで、大雨の降ったあとにだけ見られる四九七メートルもの大滝だと。

私たち二人は滝へ進んだ。しぶきが激しくなる。息子が自分のバッグからビニールの雨具を出して母の頭から全身を包んだ。息子用の雨具だから老母の足まで包み込んだ。

滝つぼの近くまではとても行かれない。しぶきの中で三五〇メートルの日本一の大滝を仰観した。

一秒で二トンの水量が落下するという。

「南無　阿弥　陀　仏」と、四段に落下する由。南無阿弥陀仏、即ち称名である。称名滝の由来を知った。

それにしても、なんで、四段を南無　阿弥陀　仏？　誰が付けたの？　村人たち？滝の飛沫《しぶき》が老脳を洗ってくれた。

ああ、そうか、この滝のみなもとは、立山の奥に発し、立山連峰を流れ流れて、この滝となった。立山は修験者の山、修行者の居るところ、修行者たちは、たえず、なむ、あみ、だ、ぶつ、を唱えているのだ。彼らには、滝の形も滝の音も、すべて、南無　阿弥陀　仏と、きこえるのだろう。

南無　阿弥　陀　仏と、声高らかに滝つぼに集結した水たちは、称名川となって小踊り

しながら、また何方《いづかた》へか流れてゆく。

称名川を見おろすように、高い高い崖の上から草木を分けつつ、長い滝が落下する。

「称名滝の右側の四九七メートルの滝」と、先刻の道路補修の人が言ったのは、この滝に違いない。

ああ、これが滅多に見られない滝、大雨のあとでなくては現れない滝か。称名滝の落口より更に高い崖の上から落下する巨大な滝だ。

ハンノキ滝という耳なれない、俗世を知らぬような幽雅な滝は、人が居ようが居まいが、大雨が降ればこの世に現れて、独り五〇〇メートルの断崖を跳躍して下るのだ。

そうか、昨日のあの大雨・嵐は天気女の鼻

を挫くためのものではなく、この滅多にあらわれることのない貴重な滝を、一生に一度しか此処へ来ることのない媼に見せてやろうとの天の采配であったのか、ありがたや……。

気が付けば、四九七メートルの大滝の右手、右手へと、白い細い滝が幾筋も崖の草木を分けて落下している。

この五〇〇メートルの高さの断崖は二キロメートルも続く由。その名「悪城《あくしろ》の壁《かべ》」。悪城の壁とは恐ろしげな名。この壁は称名川が十万年もの時をかけて浸食したものであると。その悪城の壁を白い細い滝が幾筋も音も無く落下する。彼らは大兄のハンノキ滝と共に雨後にこの世に生まれる弟たちの滝であろう。その名「そうめん滝」というそうな。佳き名をもらったものよ。「そうめん」は称名の滝に供える「素麺」かも知れぬ。

ハンノキ滝の「ハンノキ」とは、どんな木であろうかと、辞書を引いてみた。

漢和大字典に「榿《キ》」

漢和中辞典に「榿《キ》」一字で「はんのき」。

生長がはやく三年もたたずに大樹になるという木。杜甫の詩に「飽聞榿樹三年大、為致広辞苑に「榛《ハン》の木、落葉喬木、山地の湿地に自生、雌雄同株」

渓辺十畝陰二」

榿《はんのき》と榛《はん》の木とは同じ木であるのか、違う木なのか。字が異なるけれど同一の樹か、ハンの木が悪城の壁に繁茂してそこを流れ落ちる滝なのでハンノキ滝か、などと疑問を抱きつつ、なんとなくパンフレットの「悪城の壁」に目をやると、オヤ、小さな活字でハンノキ滝（ネハン滝）とあるではないか。

ああ、そうか、涅槃滝か。なるほど。

涅槃とは釈迦の入寂入滅をいう。この滝は雨と共にあらわれて、やがて滅する滝だ。その姿を消すことから、涅槃の滝と名付けたものだろうか。ゆかしいことだ。

年月と共にネハンの滝の「ネ」が失せて、代りに下へ「キ」が入って「ハンノキ滝」となったものだろう。なぜに「キ」が入ったか、仏心智慧乏しい媼には推測もかなわぬ。

涅槃の滝と、南無阿弥陀仏の称名の滝とは、今や、滝壺を共にして、四九七メートルと三五〇メートルのV字を形成しつつ天地を轟かしている。

天の妙音か

地の業音か

「鯉の滝登り」という言葉があるが、鯉は滝登りは出来ない。

水中に住む鯉さえ、滝登りは出来ないのに、空気中に住む人間が、滝登りめいたことをするのを知って驚嘆した。

それは、滝も滝、この日本一の「称名の滝」を登ろうと、いや溯行する実景をテレビで見て仰天した。天狗ではない。普通の日本人である。

不可能に近い困難に挑みたい男。

一秒に二トンの水が落下する瀑布の、落ちる瞬間の水の顔を見たいという男。

テレビの男は、称名滝の滝壺の縁《フチ》で、頭《かしら》を上げ、大滝に向かって、しばし敬虔な合掌を捧げた、柏手を打った。

それから、やおら、大滝の白々とあげる飛沫の中へと姿を消した。

固唾をのんで、彼の姿が消えたあたりから上を凝視するが、轟音の中で滝の飛沫が白々と煙るばかりで何物も見えない。

こちらの心臓がドキドキしてくる。大丈夫か、辷って落ちないか、長年月の間には岩面に苔も生えて滝の落ちる道はぬるぬるしているだろうに。岩面に足場をつくる金具を打ち込むのかどうか、そんなことは分からない。不可能にいどみたい男は、そういうことをしないのではなかろうか——。

かなりの時間が経ったようだ。滝の降り口近くの高いところに黒い点のようなものが見えた。岩なのか、木根のようなものか、すると、その黒いものが動いたのだ。動いた、動いた。黒い点のようなものが動いて更に上へと徐々に動いている。

やった！　不可能好きの男は、遂に、称名滝の滝登りを果たしたのだ。

彼は地球上の秘境を探査、踏査することを好む男だそうな。

男の名は、成瀬陽一、五十一歳、愛知県の高等学校の理科教師。

称名の滝と涅槃の滝とに尽きぬ名残りを惜しみつつ、車は左手に称名川の速くて白い水流を眺め、その左岸に連なる「悪城の壁」をみとめて、なぜに「悪城の壁」というおよそ名所にはふさわしくない名が付けられているのか、と疑問を抱きながらも、その疑問が解けぬままに、この旅の二日目の宿「立山国際ホテル」へと走った。

立山国際ホテルは「立山山麓のホテル」という呼び名のとおり山麓で、あたりには他に旅館も無ければ、みやげ用の商店とて無く、全くの一軒家——と言いたいところだが、どうして、どうしてコンクリート造りの三階建の大きな建物。その右側には同じく白い壁の二階建、その左には瀟洒《しょうしゃ》な一階建から成る、孤高にして、我ここに在りの感あるホテルである。

その筈、富山国民体育大会の時の、天皇、皇后の御宿舎となったホテルである。

フロントは静かで、係の二、三人が微笑で迎えてくれた。

他に到着者は見当たらない。チェックインの時刻にはやや早いのだが、ロビーの椅子で

五、六分休んで直ぐ、部屋に案内してくれた。

やれやれ、先ずは入湯。

ロビーに、立山山麓温泉・極楽坂湯とあった。極楽坂湯とは好《よ》き名、どんな湯か、入ってみよう。

浴場は広い。誰も居ない。広い湯場に湯槽《ゆぶね》が三つ。奥の湯槽は灯りもうすく、湯気がこもってぼんやりだ。やや小さい。

先ずは、手前の大きな湯槽に入ってみる。湯は踊り、媼の肢体をなでてくれる。香りは？　何の香り、極楽の香か。

極楽を出て、足許を見れば、このタイルは何？　辷るほどになめらかで、色は明灰色、これは自然石？　それとも人造石？

次の湯槽に入ってみる。やや湯の色が濃いか？　やや湯温が高い。

ここは「婦人湯」だが、「男性湯」もこんなに広いのだろうか。

誰か入って来ないかなあ、誰も入って来ない。一人じめの滑らかな大温泉、成程、これまさに極楽湯だ。

旅の三日目。

今日からこの旅の本来の目的に入る。長らく望んできた立山黒部アルペンルートを往くのである。

ＪＴＢでこの旅行申込みをしたとき、自家用車はアルペンルートの入口の立山駅で預けて、車は長野県側の扇沢に廻送してくれる、とのことを聞き、「成程、うまい具合に出来ている」と、世間知らずの媼は感心したものだった。

立山駅前で、母親を車から降ろして、車の預かり場はどこかと、息子はしばし尋ねて、じきに見つかり、車を置いて単身立山駅入口にやって来た。

媼はやや、緊張感に身を固くして「それ用の通し切符」を改札口で示して構内に入ると、すでにそこにケーブルカーが、ドアを開けて待っていた。

がっちりした、頼もし型のケーブルカーだ。その一席に腰をおろすと、やれやれ、先ずは一安心。

ケーブルカーには久しぶりに乗る。前回はいつだったかさえ思い出せない遠いことだ。カーが動き出した。窓外の景から、かなりの急坂を行く感がある。そうか、車内の通路に段々があり、座席が後ろに行くにつれて高くなっているわけも媼なりに肯ずいた。

案内書を見れば、ケーブルカー七分、とある。七分で次の駅に着くのだ。

次は「美女平」。

美女平とはその名の如く広々とした高原の観あり、ここからは「高原バス」で往く。バスでは、運転手のうしろ二番目の席に、息子と並んで掛けた。

発車して間もなく、運転手が言った。

「左側に、遠くですが、称名滝が見えますよ」と。

ハッとして左側を見ると、樹木の間に、遠く遠く、白いあの滝が見える、見える。昨日、大雨の後に出会って大感動したあの南無阿弥陀仏の滝が見えるのだ。再びも目見《まみ》える幸せ、感謝……。

大雨のあとにしか見られないという「ハンの木滝（涅槃の滝）」は、昨日の今日であれば、まだ滝は落ちているだろうに、バスの中からは角度の加減があって、その滝の姿は見えない。見えないけれども、大雨の名残りに今日も、たとえ水量は細くなっても、四九七メートルの壮観を見せているにちがいない。

ともかく、旅の予定の中には無かったものの、縁あってめぐり逢った称名滝と涅槃の滝とを、再びも見ること、思うことに恵まれた者は、幸せである。感謝である。

高原バスは、広々とした山中、山上、広青天の下を、ひたすら行く。五十分のゆたかな道程である。

かれこれ二、三十分も高原バスが広青天の下を上って来たかと思うと、みだが原という処に到着した。「みだが原」？　窓の外を見ると「弥陀ヶ原」と表示がある。なるほど、ここも「弥陀」。阿弥陀様に関係があるのか。

そういえば、先刻、ケーブルカーで到着した処は「美女平」といった。なぜ「美女」なのか、山の中に美女が多いということ？

いやいや、聞くところによれば、立山は「修行」の山。修行者はいとしい女子《おなご》と此処で別れて、女人禁制の修行の山へとかかったのだろう。女子《おなご》は、いとしい男との別れを惜しんで去りがたく、杉の木となったそうな。「美女平」近辺には数多の女人杉が茂るとか。

目前に広がる弥陀ヶ原は、標高一九〇〇メートル前後の高原台地に広がる湿原だという。湿原を行けば「ガキの広場」と呼ばれる一帯が展開するそうだ。そこには「ガキ田」が点在して高山の花々が咲き乱れているという。

「ガキの広場」？　「ガキ田」？

弥陀ヶ原の「ガキ」と言えば、それは「餓鬼」のことだろうか。

大変な言葉が出てきた。「餓鬼」とは、仏の戒律を破った悪業の報いとして、皮も肉も痩せ細って咽喉は細く針の孔のようで飲食することが出来ず、常に飢渇に苦しむ亡者、のことである。

「美女平」で愛しい女に別れを告げて、修行に登った男が、修行のきびしさに耐えられず、落第生となって弥陀ヶ原にさまよい出たのではあるまいか。一人ならず、二人も三人も居たのではあるまいか。腹を空かせながら、「米」を得ようと、湿地の水たまりに「稲」の苗を植えたのではなかろうか。しかし稲は実らず、米は得られず、修行落伍者は飢えて、その果てに餓鬼となったのではあるまいか。だからさまよい出た原は「餓鬼の広場」となり、稲の苗を植えた水たまりは「餓鬼田」と言われるようになったのであろう。

美しい青空の下の広い広い高原台地の「不思議不可解な名称」は、そんな往年の空《そら》物語を想像させもする。

弥陀ヶ原の湿地台地は、近々、ラムサール条約に登録認定の予定であると聞く。動植物、特に水鳥の生息地として国際的にも重要な湿地であるという。

いにしえ、餓鬼となり果てた人間がさ迷い歩いた山中の原が、現今は、人間ならぬ水鳥の生息地として保護されるとは、世は変われば変わるもの、動植物の極楽地となった。

厳冬期、深山に降りに降った雪が、積もりに積もって人の身がうずもれるころ、自然は漸くその力をゆるめて、人間を許してくれる。

ようやく人間の季節となった春四月ごろ、人間はその弱い力で、よっこらしょ、よっこらしょ、と積もり積もった堅雪を、それも機械の力をかりて取りのぞき、そこにあるはずの山の道を掘り出し、人間どもを許してくれた雪々を山の道の両側に七、八メートルに積み上げた。時には一〇メートルを越す。

除雪車は、掘っては投げ上げ、掘っては投げ上げて、二、三〇〇メートルにも及ぶバス・通行可能雪道を開いた。標高すでに二〇〇〇メートル。このあたり天狗平か。

長い冬から解放された山愛好の老若男女は、そこまで乗ってきたバスから降りて、この雪辱道を歩いて通るのである。まさに

“Walk through the Snow Corridor”である。

この雪の壁道を、媼も雪に感謝しつつ歩いてみたいと願い、五月の息子の連休を利用して、雪の廊下を歩こうと、旅の手配をした。

嫗はうきうきとして、足腰整備のために行きつけの整形外科医院へ行き、「雪の廊下」行のことを語った。

すると、山好きのK医師はよろこんでくれると思いきや、言下に

「それはネ……わたしも行きましたがネ、六十歳の鼻の穴が凍りつきましたよ。九十歳はからだ凍《し》みちゃうんじゃないですかねえ。あそこは夏に行くところですよ」と言った。

嫗はそれを聞いて、がっかり半分、あとの半分は寒気には極めて弱い体質の自分が警告をもらった感じでほっとした。そして五月の連休の旅行日程をそのまま息子の夏休みに延ばすことにした。

その日程延ばしの旅行で、いま、「雪の廊下」ならぬ「天狗平」の緑の大地を、高原バスはエンジン音も高らかに、余裕の態で標高二〇〇〇メートルを更に登って行くのだ。

美女平から、弥陀ヶ原。天狗平と高原バスは山岳の坂道を登りに登って約五十分、ようやく終点の室堂ターミナルに到着した。

室堂の標高は、二四五〇メートル。

始発の立山駅からは、一九七五メートルもの高低差を、雲上の旅よろしく高原バスは、か弱い媼を運び上げてくれたのだ。

それにしても、これほどの高山のここの地名が「室堂」とは……。

「室」にしても「堂」にしても、山の地名に付ける文字としては程遠いように思われて不審に感じ、調べてみると、わかった、そうか、成程。

立山は修験の山。その修験者たちの修行の場が「室…むろ＝穴…あな」であったわけだ。あちらにもこちらにも修行の場の「穴」があったであろう。で、「堂」は？　堂については説明がない。そこで媼の珍説憶測をこころみることになる。

「堂」とは、菩薩や如来など修行の達成したお方の在《おわ》す処で、修行のまた修行の途上に在《あ》る者の居所は「堂」にあらず、「ムロ・ホコラ（洞）」であると観じて、修行者たちは謙虚に山裾の洞に身を置いて日々修行に励んだのではなかろうか。「室《むろ》や洞《ほこら》」つまり「むろどう」。昔々は、この地を修行者たちは「室洞」と自称していたのではあるまいか。

年経るに従い、修験の山を仰ぎ見る山裾の村人たちは、修行者への敬意の思いから自然に、無意識に、「室洞《むろどう》」が「室堂」へと変わってきたのではあるまいか。何《いず》れにしても「名称」というものは、時代が三百年五百年遷ろうが、その名は変わらず、生きて昔日を語りつづけるのだ。歴史をつくることになる。だから人間が生きた道跡は面白い。それが残るからおもしろい。

室堂ターミナルの屋根の外に出ると、何とそこは広い広い公園のような台地。既に人々が多々、あそこにも、そこにも、高山の清澄な大気を満喫している。

その広い台地の先に、おお、どっしりと重い山が坐っているではないか。

これぞ「立山」。本来の名称は「大汝山《おおなんじやま》」という。標高三〇一五メートル。

立山連峰はその名の如く山々の連なりである。その立山の連山の中で最も標高の高い「大汝山」を立山連峰を代表して「立山標高三〇一五メートル」と一般の地図表には表示してある。

大汝山《おおなんじやま》という名称も気が付けば、修験道の匂いをちょっぴり感ずるではないか。

そういえば、大汝峠という峠が白山へ登る途中にあるそうな。白山二七〇二メートルも修験の山である。

大汝山のとなりが雄山《おやま》三〇〇三メートル。雄山のその頂上には、小さな祠がある。如来か、菩薩か。立山に登る者は、この雄山の頂上の祠に登山達成の感謝と喜びを挙げるのである。

更に山々は続き、左の最端にこれぞ「剱岳」が剱の先のような鋭い岩峰を連ねて大空に突き立っている。

その昔、剱岳は死の山といわれ、修験者の何人《なんぴと》もこの霊山を登り果《おお》せた者は無いときく。この山に挑めば必ず死があると、信じ恐れられていた。人を拒み続けた山である。

嫗は今、剱岳を仰ぐと、なぜか郷愁のような、

恋情のようなものを感ずる。なぜだろうか。

あの剣先のような鋭い尾根の連なりは、命の危険を覚えるし、死をさえ感じさせて恐ろしいのに、なぜ懐かしいような郷愁めいたものを感じさせるのだろう。

人は己が生命のいとしさをあの剣の鋭さから覚え知らされて、それが己が命への郷愁や恋しさとなるのであろうか。あるいは、あの剣の連なりを往こうとして命を落とした人、人への、その命のいとおしさ、その命への恋情であろうか。剱岳の標高は何と二九九九メートル。

左奥が剱岳

剱岳の向こう側、東側の深い黒部渓谷をへだてて、日本アルプスと云われる飛騨山脈が南北に連なる。剱岳の真東《まひがし》に当たる鹿島槍ヶ岳（二八八九メートル）から北へ、五竜岳（二八四一メートル）、唐松岳（二六九六メートル）、白馬鑓ヶ岳（二九〇三メートル）、杓子岳（二八一二メートル）、白馬岳（二九三二メートル）と連なっている。

この山脈連峰は、筆者の郷里長野市は松代から、歴々とその美にして崇高な山容を、おのずからなる嘆声を以て遠視せしめるのである。

その唐松岳と白馬鑓ヶ岳との間に「不帰ノ嶮《かえらずのけん》」という難所がある。わずか二〇〇メートルほどの岩場の断崖であるのに、そこをわたるのに三時間を要する。

その二〇〇メートルの断崖に打ち込んである鎖に、人は自分の体を繋《つな》げながら進むのである。二〇〇メートルの断崖を渡るのに三時間もかかるのである。

岩場の鎖に己が体を繋ぐ手が、緊張と疲労とで狂って、繋ぎの鎖が体から外れれば、人は断崖を転《ころ》げ、転《ころ》げて、落ちてゆくのである。転げて落ちて、落ちて、人はそのまま可惜命《あたらいのち》は帰らない。

昔日には、この断崖を渡ろうとして、渡れず、そのまま帰って来なかった人、人々が居たのであろう。だから、「不帰ノ嶮」とよばれるようになったのであろう。

「不帰ノ嶮《かえらずのけん》」という名称は私の心を誘惑する。あやしげな魅力をもって私を誘う。断崖から落ちて落ちて、決して帰っては来ないその断崖の名称に、なぜか誘われるのだ。

その断崖を踏破できるか出来ないかという成果の問題ではなく、決して帰っては来ないというその名称「不帰ノ嶮」に私は、あやしげな、あこがれを持つのだ。なぜだろう。

ふと、

「お願いできますか」

と、背後で女の人の声。振り向くと、カメラを手にシャッターの依頼だ。媼は我に返って、傍らの倅にうながすと、彼はよし来たとばかりに中高年の夫婦を山峰を背景にシャッターを切った。

すると、その人は「ありがとうございました」と言いながら、こちらのカメラを指して

「お撮りしましょうか」と。

全く思いもかけない好意の言葉に媼は喜び

「お願いします」

と、傍らの古い小さなベンチに息子と並んで腰かけた。

シャリッというカメラ音で、息子と一緒に立山でカメラに納まる二度とない幸せを、ただ微笑の奥に仕舞っていると

「お母さん、ここに居て……」

と言うと、息子は立ち上がって、どこかへ行く。行く先は……と見ていると、青い背広姿の体格のいい男のところで、何か言っている。三、四〇メートル離れているので、何を言っているか

分からない。老母は心配になって目を離さずにいると、息子はすぐに戻って来た。そして言った。

「中国人がタバコを吸っているので、ここは国立公園でタバコの吸いがらを捨ててはいけないことを言ってきた」と。

成程、中国人か。そういえば、日本人の男性は山へ来るのに上下のスーツを着てくる人は居るまい。あの中国人は一張羅を着て来たのだろう。

倅は会社の仕事で海外勤務が多い。アメリカ・台湾。いまは中国深圳である。

深圳は香港の近くの人口二万足らずの町であったが、中国政府が深圳を「経済特区」に指定して以来、世界中の企業の工場が林立して、今では人口六百八十万の大都会となった。倅の深圳勤務はかれこれ十年になる。自然に中国語も話せるようになったようだ。

中国人はゴミを捨てるのに場所をえらばず、食卓のまわりは汚すほど、ご馳走になった礼を意味すると聞いたことがある。世界中にはさまざまな習慣、考え方があるものだ。

今夜はここ室堂の「ホテル立山」に宿泊する。

ホテル入口の石造りの白い階段を五、六段上がり、右へ曲ろうとするその目の前に、大きな像が立っている。等身大の塑像である。傍らの説明を読むと、

〝越中立山を開山したと伝えられる越中守佐伯有若の子有頼・後の僧慈興の像〟である由。

なるほど、修行、修行を重ねてこの立山を開山したお人か、と改めて黙礼して右へ進むと、そこは広いフロント。売店には二四五〇メートルの山の上とは思えぬほどのどっさりの品々。

フロントで指定を受けて、その部屋に行くと、さすが山のホテル、小さな居室と、ドア一つ隔てて寝室。寝室はベッドが二台並んでいるだけ。居室には、やや大きな机と椅子が二脚。

机の上には、さすが熱いコーヒーが備えてある。

机の抽出《ひきだし》は五センチほど開けてあり、どこのホテルにもよくあるように、中に聖書が置かれている。抽出の中にあって、机上に置いてないのは、宗教を強要しない態度と聞いて

いる。それでも、五センチほど抽出を開けて、聖書の存在を示している。読んでほしいと。

聖書には馴染《なじ》みがうすいわけではないので、抽出《ひきだし》から出して開いてみた。

『新約聖書』である。そして旧訳ではなく、新訳である。

「汝らは地の塩なり」ではなく、「あなたがたは地の塩である」

旧訳聖書に馴染んできた者には、口語訳の聖書は、どうも力弱く、リズムに乏しく物足りない。

媼が時々尊唱愛唱する聖句を挙げてみると、コリント前書、第十三章の一部である。

愛は寛容にして慈悲あり。愛は驕《たかぶ》らず非礼を行はず、人の悪を念《おも》はず、凡《おほよ》そ事忍び、おほよそ事信じ、凡そ事望み、おほよそ事耐ふるなり。

特に、「凡そ事忍び」以下の四句がわが心の隅々に滲みてひろがり、息を大きく一つ吐《つ》くのである。

また、日常、己が心に言って聴かせる聖句がある。

「すべてのこと、相はたらきて益となる」

今から約七十年前、二十代のはじめから三十代のはじめにかけての十年に及ぶ闘病生活の初期、右への寝返りも左への寝返りも出来ず、天井を見つめるだけの六ヶ月を経たあと、一年半ほどして漸く本が読めるようになった頃、ヘレン・ケラーの「Three days to see」を読んだ。

目も見えず、耳も聞こえず、口も利けない人の真摯に生きる姿を文字の中に見て、「ああ、私は目が見える、耳も聞こえる、口も利けるではないか——何という恵みであることか！」

壁に掛けてあるこの絵を見ることが出来る。窓の向こうの小路で遊ぶ近所の子供たちの楽しげな声も聞こえるではないか、父の顔も、母の顔も見ることが出来るではないか——。

なんたる恵み！

それまでの絶望と悲歎の深い渕から立ち直るような力を、「目の見える三日間」の記述は二十代半ばの女子《おなご》に注いでくれたのであった。

東京女子大学時代に、ヘレン・ケラーの講演を聴いた。敗戦後の昭和二十年の十二月ごろであった。

大講堂の講壇を前に、ヘレン・ケラー女史は品位のある帽子を着けて、通訳の中年の女性と並んで立った。その姿だけで、もう吾々を圧倒する力のようなものを感じた。

一時間近い講演を聴きつつ、若い学生の私は、「目も見えず、耳も聞こえず、口も利けない人が、なんという大きな力を持っていることか」と、ただ感服するばかりで、ケラー女史は私より遥か遠い別世界の人で、私の心の中に入ってくることはなかった。

しかし、長い闘病生活で、健康を失い、学問を失い、加えて敗戦後の財産税課税によって無の状態に落ちた者は、ケラー女史の「目の見える三日間」という心の記述によって心をゆさぶられ、目を覚まされ、長く苦しい闘病生活さえも「すべてのこと相はたらきて益となる」のか、いな「益とならしめなくてはならぬ」と己に深く言い聞かすのであった。

後年、英語教室で、高校二年、三年の教材に「Three days to see」を使った。大学入学試験は傾向が変わることがあるが、それとは別に、心の勉強として高校生たちと、何年もこの「Three days to see」を読んだものであった。

手にしていた聖書を抽出の中に入れて、机上に先刻より置かれている色彩青丹の小冊を手に取ってみた。

山岳の草花の本である。美しい色どりである。と、文字が目に入った。「ほおずき書籍」と。出版社名である。「ほおずき書籍」という出版社が、富山地方にあるのだろうか、それとも金沢？　と奥付を開いてみると、長野市……とあるではないか。長野市の「ほおずき書籍」ならば、私の本をこれまでに六冊出版している会社である。おどろいた。日本中にその名をとどろかしている越中立山の「ホテル立山」の客室に、長野市のほおずき書籍の山岳本が置かれているとは、鬼灯《ほおずき》さんもえらいもんだ、と感心していると、窓の外でバリバリと音がした。

見ると、窓ガラスに氷がぶつかっている。雹《ひょう》だ。八月に雹が降る。夜の漆黒の中に雹が飛ぶ。

雨戸を重ねて閉めた。室内も急に寒くなってきたのを感ずる。

息子が入浴から帰ってきた。

「降ってきたね。快晴の夜は、富山の街の灯が、はるかに見えるそうだよ」と。

なるほど、快晴の夜は遠く遠く、富山市の灯が夢の国のように見えるのだろう。そのような日は、夜空も満天の星空にちがいない。今夜は雹《ひょう》となったが、それでも昼間に快々晴に恵まれて、よかったではないか。

暖房の利いている室ではあるが、媼の体温は低く、下着を重ねてカイロをお腹に抱いて、寝室の壁ぎわのベッドに入った。

隣のベッドに息子も寝るはずだが、窓の下でゴソゴソと何かしている。

「どうしたの？」と尋ねると、
「ベッドが近くて、ボクのいびきでお母さんをなやますので、こっち側で寝ようと思う」と、母のベッドから少しでも離してと、自分のベッドのふとんを窓側へおろし、床《ゆか》の上で寝る用意をしているのであった。

雹嵐《ひょうあらし》の一夜が明けて、寒気きびしい朝、真冬の身仕度を固めて、食堂に出ると、早や人々が食卓を囲んで居る。二人は昨夕と同じテーブルに着き、見まわせば年配者が多い。しかも女性の年配者が三、四人みえる。媼は、オヤと思いながらも、仲間が居ることに何かしら安心感を受け、今日からの決してらくではない道のりにも元気が湧いてくる。

朝食の、ほんわりと厚くてあたたかい大きなオムレツと、フランス料理味のサラダをたんまり食べて、寒気に備えて背にカイロ二枚、腹に一枚貼って、さあ、出発だ。

マナーの好いフロントに挨拶して、二度と来ることの無い「ホテル立山」を出る。宿泊料は二人分十万円でおつりは少々。

ここ室堂までは、美女平から高原バスで約五十分、二三キロであった。室堂から次の大観峰まではトロリーバスで行く。

トロリーバスの改札を入ると、立派ながっちりしたバスが居た。

乗り心地はなかなかよろしい。昨日乗ったバスは「高原バス」と云ったがこの「トロリーバス」はどう違うのか、同じなのか、と思ううちにバスはトンネルに入った。響きを立ててトンネル内を走る。

並んで坐っている倅《せがれ》に聞いてみた。

「トロリーバスってどういう意味？　普通のバスと違うの？」

「違うんだよ。形はバスと同じだけど、電車なんだ」

「電車？」

「うん、レールの無い電車だね」

「レールの無い電車がどうやって走るの？」

「道路上の架線から電気を集めて、電動機で走るそうだよ、trolleyと云うんだね」

老母には電気のことはよく解らないが、いま高々と音を響かせて走っているこのトロリーバスとやらは、立山の主峰、大汝山《おおなんじやま》三〇一五メートルの腹の中を貫通して走っているわけだ。岩盤を掘削して、電車道を造ったわけか。「立山トンネルトロリーバス」という所以《ゆえん》だ。

この音、この響き、何という技術の粋、感動、感動……。

倅が更に言う。

「トロリーバスは日本唯一の乗物だそうだよ」

更におどろきの涙。

トロリーバスは、標高二四五〇メートルの室堂から、岩盤の中を掻き分け掻き分け走ること三・七キロメートル、十分を要して、標高二三一六メートルの大観峰に到着した。「大観峰」はその名のとおり、四囲の山峰を大観できる絶好の場所である。

展望台があり、そこへ上ると、あたかも雲上に在って四囲の山々を睥睨《へいげい》する如き、その名の通りの大観峰である。
ただ、今日は惜しむらくは、快晴ではないために、山々の全貌を大観することは出来ない。
しかし、針ノ木岳の二八〇〇メートルを越える雄姿も、赤沢岳の二七〇〇メートルに近い雄姿も、頂上あたりにうす雲があっても、彼等の雄々しい山容は損なわれることは無い。
更に、赤沢岳の左奥遠くに、うっすらと鹿島槍ヶ岳が見える。二峰の槍は確認できなくても、日頃、長野から馴染んでいる三〇〇〇メートル級の名山だ。山容でそれとわかる。
眺めても眺めても、厭くことの無い山々だ。
山は黙然《もくねん》としている。
山は無言だ
山は無言で言う
この無言の言を聞け、と
この無言の哲学を解け、と

山は哲学だ

大観峰から次の駅は「黒部平」である。

黒部平へはロープウェイが施設されている。大観峰標高二三一六メートルから黒部平標高一八二八メートルまで、標高差四八八メートル、距離は一・七キロメートルを下る。所要時間は七分。

ロープウェイは、ロープに吊り下げられた箱形小電車というところか。先刻は岩盤の間を高音を耳にしながら身を固くして走った身には、ガラス窓越しとはいえ大空と山景を見《み》晴《はる》かすことが出来るのは、鳥になった気分だ、箱入小鳥だけれど。

黒部平の次は黒部湖へと向かう。

黒部平と黒部湖との高低差は、三七三メートルで、距離（平面距離）は八〇〇メートルであるから、これはかなりの急勾配である。

そこで、急勾配を得意とするケーブルカーの登場だ。

ケーブルカーは、山の斜面に敷設された軌道を登る。車輌に付けた鋼索を巻き上げ機で操作して上下する。

いわゆる山道《やまみち》を登る電車だ。山景を愛でながら上り下りするのが普通だ。が、黒部平から黒部湖の間のケーブルカーは、なんと、トンネルに入ったのだ。

山を割って、線路を敷いた、急勾配のトンネル鉄路をケーブルカーは平然と五分で、人々を黒部湖に運んだ。

昨日の立山駅から美女平までのケーブルカーは、空中ケーブルカーであったが、今日の黒部平から黒部湖までのケーブルカーは、山中トンネルケーブルカーである。室堂から大観峰までのトンネルトロリーバスといい、大観峰から黒部平までの空中ロープウェイ、そしてこの黒部湖までの隧道ケーブルカーといい、さてさて電気の力のあの手この手の働きの何と広く大きなことか、お蔭で嫗までこの山の上の黒部湖へ来ることができた。電気さんよ有難う、ありがとうよ。

トンネル内の黒部湖駅から地上に出れば、そこは広大な黒部ダムの世界がひろがる。天空青く、黒部湖も青い。青緑色である。

黒部の山の奥の奥、鷲羽岳（二九二四メートル）にその源を発する黒部川は、薬師岳（二九二六メートル）の東裾をめぐって、やがて深い峡谷の南端に至り、そこで恰も「竜の落子」を連想させる長い尻尾と西向きの二対の脚と頭部とを形づくる巨大な谷湖とも言えそうな水の天地をつくる。その大峡谷湖の北端、広くて深い湖を成している黒部湖。

ここで高さ一八六メートルの巨大なダム堰堤に堰《せ》き止められて、ざわめく水の圧力が自然発生するのを、ダム湖の両岸の山々は無言でガッチと受け止め、水たちを囲《かこ》って護っている。

青緑色の広大な湖水を護っている両岸の山の連なりの濃緑が、また美しい。

黒部ダム堰堤は、超の字のつく巨大な水留め兼橋梁か。向こう岸の黒部ダム駅まで八〇〇メートルもあるという。堰堤の長さだけでも五〇〇メートルはあろう。幅は、堰堤の幅は八〇メートル。そこを行く人々の姿は小さく小さく、堰堤の巨大さを示すばかりだ。

何という大工事を成したものか、圧倒される思いで、それでも巨大な堰堤に小さな一歩を踏み出す。

ゆっくり、ゆっくりと歩いて行く。

この巨大な橋梁は、歩いて行く媼の弱小さを感じさせながらも、それでも慈しんでくれる感じだ。

「大丈夫、心配いらない、歩ける。この橋も大丈夫、何百人何千人来ようと、大丈夫」と。

橋のらんかんに近寄って下をのぞけば、深く深く青緑色の水水々々。底はどこか……。

他の片側のらんかんから下をのぞけば、堰堤の

腹に空いた二つの巨大な「へその穴」。

この穴から、ダム放水の時は、毎秒一〇トン以上の水が放水されるとか。

その放水は瀧のような放水ではなく、霧状の放水である。そのわけは、瀧状放水はその水圧で地面に穴を掘るが、霧放水の水は常に川底を小石の集団に保っている。

その霧状の水が集まって急流激流となって一〇キロメートル下流の黒部第四発電所に到着して、その水力を以て発電機を作動し、電気を発生させ、その電気は、遥か関西の諸企業に送られて、日本経済の発展を担うエネルギーとなるのだ。


感動の溜息か、媼はこの白くて巨大な堰堤と別れ難くて、橋の半ばで青緑色の水たちと無言の語らいをしていると、

「そのままで……」

と、息子がカシャリとシャッターを押した。

名残り惜しい気持ちを引きながら、黒部ダム堰堤に最後の一歩を、その白いコンクリートに押して対岸の土に下りた。

対岸も広い空間がひろがっている。

レストハウスが嫗の疲れをいやすかの如く、招くかのごとく店をひろげている。

レストハウスの左方高く、展望台があり、その案内板が立っている。

九十歳の老母の展望台行は望めぬものと息子は決めたか。

「展望台へ行ってくるよ」と言いのこして一人でその方へ行った。

息子の思い通り、老母は展望台より、いま別れてきた黒部湖にまだ心のこりがあり、右方をふりかえって青緑色の湖をしばし眺めやり、ゆっくりとその眼を返したとき、右前方に、白い像のようなものが見えた。何だろうと、おのずからその方に足が向いた。

近寄ってみると、何と、それはダム工事に従事する男の人達の姿で、ツルハシを振り上げている人、シャベルで岩石を掬《すく》う人達など、六、七人の工事者の彫像である。

台に刻まれた文字を見れば

「黒部ダム工事殉職者慰霊碑」と。
そうか、この巨大なダム工事中に犠牲になった人達が居たのだ。
見上げてしばし大きな息が嫗の胸の奥から吹き出た。
〝殉職者一七一名〟の文字によって、更に大きな吐息が嫗の腹の底から吹き出た。
彫像を見あげれば
ツルハシの腕は
今にも振り下ろされそうだし
シャベルの腕は
今にも、音たてて
ガレキを掬《すく》い出しそうである。

「百七十一人も死んだんだね」

と、背後で、展望台からいつの間にか下りて来た倅が、感に入ったように言った。

いつの時代も、大事業の陰《かげ》には常に、大きな犠牲のあることを深く思いつつ母と子は、「可惜命《あたらいのち》」を捧げた百七十一名の人々に、哀悼と慰労と感謝の心を、しばし捧げて、静かに碑の前を辞し、近くのレストハウスに入った。

レストハウスの店内は土産物が並んで居り、窓ぎわに二、三のテーブルと椅子がある。肩掛けカバンをテーブルに下ろし、ほっとして椅子に腰かけると、目の前に「三階に黒部ダム工事の映画上映中」と貼紙がある。多分、聞いたことのある、あの映画であろう、と思いながら一見しようと階段を上がった。

果たして「破砕帯《はさいたい》の難々工事」の映画であった。岩盤と水と闘う何十人もの工夫たちの様子を五分ほど観ていると、その「現場の跡」を実際に見たくなり、レストハウスを出て、その現場を通って扇沢まで行く関電トロリーバスの発着駅へと足を速めた。

朝方、立山の室堂から乗った立山トンネルトロリーバスは、立山の腹の中を三・七キロメートル走ったのだが、今乗車した関電トンネルトロリーバスは、終点扇沢まで、六・一キロメートルを走る、と乗車駅の黒部ダム駅に表示があった。手元の案内書を開いてみると、六・一キロメートルを走るのは、これも赤沢岳の腹の中である。赤沢岳の標高は二六七八メートル、その腹の中を六・一キロメートル、十六分で走る。

トロリーバスが発車した。立山トロリーバスでも触れたが、日本唯一の山岳交通機関であることが誇らかである。どっしりしたトロリーバスは広い坑道を行く。坑道内は電灯多く、明るい。

ふと思う。このあたりの地図に、「関電トンネル（針ノ木隧道）」とあるから、この近くに針ノ木岳があるのだろう。針ノ木岳は日頃、媼が「頭の体操」として書いている五十五山岳の中の一山、二八二一メートルの親しい山である。

針ノ木岳から北へ、蓮華岳（二七九九メートル）、爺ケ岳（二六七〇メートル）、鹿島槍ケ岳（二八九〇メートル）と連なる景が自然に心に浮かぶうちに、関電トロリーバスは十二、三分経過して話に聞く件《くだん》の難関地点、破砕帯に近づいた。

行手の右側のトンネル壁に、青色の表示板が小さく見える。

バスが近づくにつれて、左側の壁にも同じ青色の表示板が現れた。

走りつづけるバスは忽ちその目前で「破砕帯」なる明るい文字を右壁にも左壁にも表示した。

「おお……。」と、緊張と畏怖と痛みの情か、バスの座席から腰が浮いて、媼は「破砕帯」なる青色表示を睨むがごとく「確と《しっか》」眼に焼き付けた。

ここで幾人の人が命を落としたであろうかと、痛む間も僅か、最新の山岳トロリーバスは次なる「破砕帯」の青色表示板に近づいた。

つまり、この山岳道は長野県大町市側から掘削が始まり、大町トンネルの入口から一六九〇メートルほど掘削が進んだ地点で、破砕帯にぶつかった。

破砕帯《はさいたい》とは、断層に沿って岩石が破壊された帯状の部分を云うそうで、それは山の土砂石と水との大量襲撃であった。

一秒に六六〇リットルの地下水の噴出に加えて、大量の土砂石の急襲は、われわれの想像推測の及ぶものではない。人間を呑み込む魔力は工事従事者の多くの命を奪ったであろう。黒部ダム工事全体での犠牲者百七十一名のうち、この破砕帯での犠牲者が可成りの数を占めるのではあるまいか。

この破砕帯にさえぎられて、一時は工事絶望かとも思われたが、強靭な忍耐力と掘削技術の工法が工事を断念させせなかった。

破砕帯は約八〇メートルに渡って続いていた。この八〇メートルを、七ヶ月もかかって苦闘の末に突破し、坑道を敷設することが出来たのであった。

この長野県大町市から日本アルプスを横断して掘削隧道を築造する大工事は、昭和三十一年（一九五六）十月に起工した。

その目的とするところは、昭和二十年の日本敗戦によって壊滅した国力を、多少なりとも回復せんとの日本国民一人一人の十年に及ぶ営々努力勤勉によって、漸く産業の再起発展が見え、その生産のための電力の需要が高まり、その電力を得るための工事であった。日本アルプス（飛騨山脈）の鷲羽岳（二九二四メートル）を水源として峡谷を流れ流れて日本海に向かう黒部川は、その水量と落差の大きいことから、水力発電の適地と目されながら、厳しい山岳条件のためにダム建設が阻まれてきたが、関西電力が発電工事に挑む決断をしたのであった。その急峻な悪条件の故にこそ、確実に多量充分な電力を供給してくれるはずであったから。

前述するように、最大難関の破砕帯を七ヶ月かかって突破できたあと、更に六ヶ月ほどかかって赤沢岳の腹の中を掘り進めて、それは昭和三十三年(一九五八)の二月であった。

立ちはだかる岩盤の奥の奥から、何かの物音がする。

一人が岩盤に耳を当てて耳を清《す》ます。代わって他の一人も岩盤に耳を当てて耳を澄《す》ませば、その音は、ツルハシが岩を打つ音だ。

「おお……抜けるぞ――」と叫ぶ声。

勇気百倍

せわしく岩山に小力の発破を仕掛ける。

爆発音と共にあがる白煙――崩れ落ちる岩盤その向こうからワーッと走り来るは、黒部湖側から掘り進めて来た間組《はざまぐみ》の一団！

ワーッとこちら側から走り寄るは熊谷組の一団。

地鳴りか天雷か、なだれ合い、抱き合い、涙か汗か、岩を掘り、山を掘りつづけた男ならでは知り得ない大歓喜の瞬間！　苦労が多かったればこそ、岩が抜けたよろこびは大きく、感動も深い。

大町から黒部へ抜けるこのトンネル道は、黒部湖にダムを築造するための資材を運ぶ道であった。

その道が苦難の末にようやく抜けて、レールが敷設され、資材が運ばれて、漸くダム建造工事にかかる。

ダム建造工事は、大町トンネルを苦難の末に貫通させた工事者たちの歓喜が力となって、昭和三十四年（一九五九）九月にはダム本体のコンクリート打設が開始し、更にその勢いは「昼夜を問わず」にダム打設作業へと続きに続き、昭和三十七年（一九六二）には黒部ダム総仕上げへと達した。そして昭和三十八年（一九六三）六月、白亜の大ダムが完成したのであった。

大町の入口掘削から七年を要した大工事であった。七年という年月は口で言えばただの七年であるが、その年数は、赤ちゃんが「おぎぁ！」と生まれてから、小学校二年生になるまでの年数であるのだ。

更にその費用は、五百十三億円（当時）、そして延べ一千万人の人手、と、あの尊い犠牲百七十一名。

斯くして黒部の自然は再び山の元の静寂に帰るのであった。

また、ダムが完成した後は、その資材を運ぶために必要だった大町トンネルは不要となるのであった。

だが、あれだけの苦闘、犠牲を払ってまで掘削した大町トンネルを、このまま廃坑にするのは、あまりに忍びがたいではないか。このトンネルを死抗とせず、生かす道はないものか。

そうだ、大町と富山市まで九〇キロあるが、これを結ぶ山岳観光道を建設するのはどうか。

立山は古来修験者の山として、富山からの登る道は小道とはいえ、道筋はある。新設する必要のあるのは、立山の室堂から黒部湖までの山や谷を渡る道程だ。

斯くして、大町トンネルを苦難の末に掘削した技術は、立山の腹の中にケーブルカーを通し、山と山の間の谷をロープウェイで結び、富山から室堂へと登るかつての修験者道をバスの通る道へと改造して、昭和四十一年に着手した立山・黒部・有峰地区の一大循環ルートの開発は、昭和四十六年に全線開通となった。

ここに「立山黒部アルペンルート」が完成し、以来、年間百万人を超える人々がこの山々を訪ねて大自然の恵みに浴している。

黒部湖は、発電の役割を担っているのみならず、現代人の疲れた頭や心を癒してくれる大役を果たしている。

立山黒部アルペンルートが完成して、大町トンネルが「関電トンネル」と呼称が改まり、その始発駅でもあり終着駅でもある「扇沢」の駅に着くと、そこはかとなく信州の香りを感ずるのは不思議であった。

駅舎の外に出ると、それまでの人混みとは打って変わって人影が無く、はだかの山肌がすぐ近くに迫り、何となく物淋しい。

アルペンルート始発の立山市で預けた車もどこに来ているのか分からず、少し離れた民家まで行って尋ねると、そこに車はあった。

息子は黙って車を運転した。

母も言葉すくなく坐している。

立山から扇沢まで、四〇キロほどの山々、谷々、湖から受けた大自然の言葉や声々がまだ胸のうちに多彩な名残りをとどめていて、人間どもの言葉や声は鳴りをひそめているようだ。

どのくらい、どこを走ったのか、老母は軽い快い疲れを覚えてトロリとした。

車が停まるときの僅かな揺れを感じて媼は目覚めた。

「大町に着いたよ」

と、息子が言った。

見ると、広い駐車場に、車が三台、四台。

離れた白い大きな建物から人が出て来て、こちらへ走り寄ってきた。

客の車が着いたと見て、出てきたものとみえる。

「いらっしゃいませ」と言いつつ、息子が車から降ろす荷物を両手に提げて「どうぞこちらへ」と先に立って白い建物へ案内した。

それは「黒部観光ホテル」であった。快い疲れで今夜の宿の名も忘れていたが、ＪＴＢ

の旅程つづりの最後を見れば、四泊目は大町温泉郷の「黒部観光ホテル」とある。

媼はオヤ？　と思った。黒部観光ホテル？

大町温泉は長野県内であるのに、なぜに富山県の「黒部」をホテルの名称に？

しかしその小さな疑問はすぐに霧消した。というのは、この旅の今日までの四日間を、充分にたのしませ、満喫させてくれたのは「黒部」の山々、川々であったからで、媼は快く「黒部観光ホテル」の宿舎の人となった。

広い部屋に案内されて、窓ぎわに寄ると、息子が
「ああ、いいねぇ……」と明るい声で言った。

眼前に散策道路が横たわり、その向こう側を左から右へ川が流れている。中幅の澄んだ水の川だ。川底の小石も澄んでいる。標識が立っていて「鹿島川」とある。

「ああ、この川は鹿島槍から流れて来ているのね！」と媼のあかるい声。

鹿島槍ヶ岳の山の奥から流れ流れて来た清澄な波音は「ようこそ、ようこそ」と、旅人二人を歓迎する調べを奏でてくれる快いものであった。

鹿島槍ヶ岳は、媼の愛して懐かしみ、仰観する山である。

今でも、眼をつぶらずとも、心が郷里長野市は松代町の町はずれの畑の小径に立てば、心の眼に映ずる景、紛うかたなく二峰をもつ鹿島槍ヶ岳（二八九〇メートル）、その右低く八峰リレット、その右に五竜岳（二八一四メートル）、その右に唐松岳から白馬岳への連なり。

鹿島槍ヶ岳の左には、山腹太い爺ヶ岳、その左に蓮華岳（二七九九メートル）から針ノ木岳へと山の連なりはつづく。

この景は、六十年前、肺の病で進路を断たれ、十年の療養を余儀なくされた、お下げ髪の三十娘が、ひたすら体力快復、健康回復を念じて畑中の道を歩いたとき、

〝待て、而して希望せよ〟と教えさとし、また

〝心清かれ〟〝沈思、静寂、セレニテ（sērēnitē）を〟と語り教えて、健康な時代にはこの目に見えなかった清澄・崇高・高潔な白馬山景が遠く遠く望めるのであった。

させさて

鹿島槍ヶ岳の壮・麗・洸々の姿は語っても思っても尽きることがない。この辺で、大町温泉という温泉に入ることにしよう。


廊下を指示どおりに曲り曲って行くと、浴場があった。

脱衣場に入ると入浴者は多くない。これはいい。

身をほどいて浴場の戸を開けると、広い浴場である。

おや、浴槽の湯は緑色……いや黒っぽい緑色だ。大きな浴槽に、なみなみの暗緑色の湯。

静かに浴槽に入ってみる。おや、これは石の浴槽だ。暗緑色のすべらかな石の浴槽、いや浴礴だ。

そうか、温泉の湯がみどり色なのではなく、その入れ物が暗緑色であるために、温泉の色に見えるのか。

首までひたって、いい気分で天井に目をやると、天井の下の壁に貼紙があって、大きな字で蛇紋岩云々……と。

ああ、そうか、この浴槽は蛇紋岩で出来ているのだ。見事なものだ。言われて浴槽をよく見れば、色は暗緑色や、緑青色や、青灰色も少々あり、黒青色も黒緑色も、すべらかに、なめらかに温泉の湯を抱いているのだ。美しい、肌ざわりがよい。

蛇紋岩という石の名称は、聞いたことはある。

昔々、小学校の頃、受持の眞田先生が、理科の先生であることから、植物や鉱物の名称を生徒たちは日常の中で耳にしていたので、石英や安山岩などと共に「ジャモンガン」は、ヘビの皮に似た模様の石なのだ、という程度のことで記憶にあったが、それを目にしたことは無く、ただ遠い記憶の脳のスミのどこかには有ったのだろう。

だから今、蛇紋岩という文字と、その音《オン》に出会って、あたかも昔日の親友にでも出会ったような、また、小学校時代のあの環境が甦ったような、何とも言えない懐かしい心情が湧いてきて、あらためて身のまわりの蛇紋岩を撫でつつ、そのなめらかさと暗緑色の奥深い美しさを、愛でるのであった。

いい湯である。今宵一夜だけの親しみでは惜しい。もう一度、近いうちにこの湯に入りに来たい。

その翌日、それはこの旅の最後の日である。息子の車は黒部観光ホテルを後にした。

「木崎湖へ行ってみよう」と息子。

異議のある筈のない老母は、快くうなずく。

木崎湖と聞けば、遠い記憶の奥をチラとよぎるものがある。

遥かな昔、息子が小学生の頃、通っているK小学校の教頭、N先生が「木崎湖夏期講習会」の案内書を私に下さった。

当時、PTAの副会長を選挙によって選出されて、私の個人的な仕事の都合で、その役を辞退したのだが、選挙によって選ばれたものを破ることはK小学校の歴史を破ることに等しいと、校長先生に説諭されて、やむなく、しかし一生懸命に不慣れな用務を教頭先生のご指導のうちに務める日々であった。

教頭のN先生は松本近郊のご出身で、夏休み中に開催される「木崎湖夏期講習会」には例年ご出席とのこと。いただいた案内書を見れば、東京をはじめ各地の大学から、それぞれの専門教授の面々が講師として木崎湖に来られるのであった。案内書を見ただけで、素晴らしい講座であることが想像できる講師の面々であった。

その講師陣の中に、臼井吉見が在った。

臼井先生は、私が学生だったころ、東京女子大学の教授であった。国語専攻部の教授であったが、そのご高名は一学部内にとどまらず、全学に知れ渡っていた。

昭和二十年の一月頃であったか、臼井教授に召集令状が来た。所謂赤紙である。その日が土曜日であったのか、構内に学生が少なく、在寮の学生が約二百人集まって臼井先生を中心に、送別の記念写真を撮った。前列正面の先生の左、二人置いて、わが父の古い背広を仕立てかえた上衣とズボンの乙女が居る。

何年か後に臼井先生は無事生還なさった。

そして、筑摩書房を立ち上げ、「展望」なる冊子を発行なさった。

その「展望」は知性にあふれて、敗戦後の荒廃する世情をよそに、孤高の知性を低音で謳い上げる優れた書物であった。

その頃、私は既に病重く、京都帝大を三年間の休学から、己むなく退学へと落ちる悲運の中に在って、唯一、知性に縋るような思いで「展望」を毎月愛読したものであった。

その中に宮本百合子の小説『道標』があった。宮本百合子とは一度だけ、本人に会っている。

それは敗戦直後（昭和二十年）の秋のことであった。

東京女子大学の大講堂で、宮本百合子の講演を聴いた。長い思想弾圧から解かれて、彼女はモンペに下駄履きの出で立ちで、大講堂の講壇へ下駄音立てて登り、原稿無しで、時間を惜しむ如く気ぜわしく二時間、己が道を、己が信ずる所を、生きる道を述べ続けた。ひたすらに、前向きの求め続ける姿であった。

今、床上で読む『道標』からも、ひたむきな求める姿、歩みつづける爽やかな姿が見えるのである。学問の道を断たれ、目標を失って絶望の渕に沈む者の肩を、彼女は両手でゆさぶり、「あきらめるな、求めつづけよ、求めよ、さらば与えられん」と、諭すのであった。

木崎湖はとんだ昔のあれこれを、媼の胸によみがえらせた。

目の前の木崎湖は、晴朗な天気の下、波静かにボートを二、三艘うかべて、昔の思い出を抱く媼とその息子を迎えてくれた。

パンフを見れば、木崎湖の面積は一・四平方キロメートル、最深二九メートル。それを言うと、

「そんなに深いのか……」と息子。

車は木崎湖に沿って北へ走って、中綱湖へ。

中綱湖という名称は初めて聞く。小さな湖である。人っ子一人居ない。ボートも浮いていない。夏の盛りに湖に人が居ないのは不思議な感じである。パンフによれば、中綱湖の面積〇・一四平方キロメートル、最深は一二メートルという。

中綱湖のすぐ北に青木湖があらわれた。

「オーッ」と声が出るほどに大きな湖である。

車を降りて湖畔に立つ。

広々と湖面が広がっているが、オヤ、ここも人の影がまったく無い。ボートも無い。

黒っぽい濃青色の水面《みなも》だけが音も無く広がっている。

湖面は二平方キロメートルと、パンフに記されている。

盛夏の最中《さなか》に、湖上にも、湖畔にも人の気が無い。濃青色の水面だけがひろがっている。

ふと、音も無く湖面を渡る有るか無きかの微風に、えも言われぬさびしさを感じた。さびしさと共に不気味さを感じた。不思議な不気味さで、その場を去りたいような不思議な気配に襲われた。

何故だろう。

この湖面の黒っぽい濃青色が不気味?

それとも、湖底まで六二メートルと知って、地獄の底のような恐れを感じて……？

いや、そうではあるまい。

この仁科《にしな》三湖が持つ昔日の歴史が湖上に、湖畔に、漂っているのではあるまいか。

青木湖をはじめ、中綱湖、木崎湖が仁科三湖と謂われる所以《ゆえん》は、その昔、このあたり大町をはじめ北安曇一帯が、仁科氏の領有であったことに依るものである。

昔日の事績記録がある。

鎌倉時代に、信濃の仁科盛遠が後鳥羽上皇に味方して討伐軍に加わり、越中の砺波山《となみやま》で北条朝時と戦って敗退した、と。

古くからの仁科豪族であったことが判る。

〝信濃の国は十州に……〟で始まる長野県民の人口に膾炙している県歌「信濃の国」の五番

旭将軍義仲も　仁科の五郎信盛も
春台太宰先生も　象山佐久間先生も
…………

と、文武の誉高い四人を挙げる中の、武の誉、木曽義仲と共に挙げられている仁科五郎信盛は、仁科盛政の実子ではなく、武田信玄の五男であった。

殺し、殺され、殺され、殺す戦国時代のこと、信濃に勢力を伸ばしてきた武田信玄は、飛騨山脈東裾野一帯を占める仁科盛政が、越後の上杉と内通しているとの疑いをかけ、仁科盛政を切腹に追い込んだ。

そのあとへ、信玄の実子を配した。治政の計から仁科を名告《なの》らせたのであろう。あるいは、切腹に追い込んだ仁科盛政の霊の祟《たた》りをおそれてのことであったかも知れない。

父信玄の五郎への見込みは違わず、五郎は仁科地区の領主として善政をほどこした。仁科の勢力は伊那の高遠まで及んだ。

さりながら、五郎の命運は戦国の世の常ながら、高遠城で時の新勢力、織田軍によって終末を告げることとなった。

仁科五郎盛信の最期は壮絶であった。

高遠城の大広間で鎧を脱ぎ捨て、短刀を脇腹に突き立て、腹を切り裂き、腸を掴んで壁に投げつけたという。

凄まじい形相であったろう。時に仁科五郎盛信二十六歳。


筆者が今、仁科三湖の青木湖の湖畔に立って、言い知れぬ淋しさを伴った不気味な恐れのようなものを感じているのは、昔日の仁科五郎盛信が、戦い敗れて腹かき切って死んだ耐え難き無念さが、ここに漂っているのだろうか。

いや……それもあろうが、それよりも仁科盛政であろう。

強力な武田信玄の征服欲によって、為すに成せない無念の切腹をさせられた仁科盛政の〝うらみの霊〟が〝不気味さ〟となり

〝悲憤の霊〟が
〝得も言えぬ淋しさ〟となり
〝あきらめの諦観〟が
〝無言のそよ風〟となって

湖上をさまよい、湖畔にたたずみ、今ここに立って仁科三湖を見渡している媼に、えも言えぬさびしみの情感を醸《かも》しているのではあるまいか。

あの世とか、死後のこととかを、肯定的に思うことのなかった者が、仁科の湖畔で受けた感じは異様であった。


仁科五郎の最期を述べる段から、仁科五郎信盛ではなく、仁科五郎盛信と書いた。「信盛」の誤植かと読者は思うかも知れない。誤植ではなく、仁科五郎盛信が正しい、という歴史家があることによる。

長野県歌「信濃の国」には「仁科の五郎信盛も……」とある。

歴史上には、清盛、重盛、宗盛、知盛、敦盛、等の人名があることから、「信濃の国」を作詞なさった浅井先生の筆先が、盛信から「信盛」へとすべったものかも知れない。浅井洌先生ほどの碩学にも、そのようなことがあったとすれば、我らはほっとするではないか。往年の浅井洌先生に親しみさえ感ずるのだ。

「信濃の国」の詞の原文を見ると、毛筆の達筆で、漢字とむずかしい変体仮名つづきの一番から六番まで、読む者が歌詞を知っているから何とか読めるものの、知らなくては、とても読み果《おお》せるものではない。圧倒されるばかりの詞文の書である。

「信濃の国」が県歌として長く愛好されるのは、その詞文の卓越さに依ることは然《さ》りながら、その「旋律」にも大いに与かって力あるものであろう。

その作曲者は、北村季晴である。

「北村季晴」という名称の文字を見て、何か思い当たる名が浮かぶであろうか。

「北村季吟」という名が出てくるであろう。江戸時代前期の古典学者にして、俳人。

北村季吟は古典に通じる学者であると共に、俳諧の師でもあった。俳諧の世界で「俳聖」

と称讃される「芭蕉」の師であった。

北村季吟の生年は一六二四年、芭蕉の生年は一六四四年。北村季吟は芭蕉より二十歳上の師であった。

芭蕉は一六九四年に没してその生涯は五十年であったが、師の北村季吟は一七〇五年に八十二歳で没するまで、『源子物語湖月抄』『徒然草文段抄』『俳諧埋木』その他、諸々を公にして学を究《きわ》めた。

その北村季吟の八代目の子孫が「信濃の国」の作曲者・北村季晴である。

北村季晴《すえはる》は、明治五年（一八七二）に東京で生まれた。季晴の父は漢学者で北村季林と云い、北村季林は時の十四代将軍徳川家茂《いえもち》の侍講を勤めた人である。

侍講とは、将軍の前に在って書物を講じ、君徳の養成や啓発に資する役を為す、いわば「師」の役職であった。

江戸時代前期に生きた北村季吟以来、即ち徳川三代家光から徳川五代綱吉の時代に生きた北村季吟よりこの方、代々その名に「季」の字が受け継がれて来ていることが判る。

「季」はその師であった俳諧に於ける季語を表わす「季」であろうか。「吟」は詩を吟詠する「吟」であろう。

まことに「季吟」なる名称は、学者、詩人にふさわしい名称と言える。

北村季晴は当時の新しい文化の温床とも云うべき明治学院に学び、ここで島崎藤村と机を並べた。

その後、東京音楽学校の師範部に進学して、明治二十六年に卒業した。明治二十六年と言えば、日清戦争の始まる前年である。音楽学校卒業後、青森県師範学校に勤務し、その後長野県師範学校に音楽教師として転任して来た。

長野県師範学校には、二十歳ほど年長の、国漢教師浅井洌先生の詞、「信濃の国」が有った。

その詞を見るや、北村季晴は彼の作曲力がアタマをもたげて、その詞に曲を付けたくなった。

進取の気性に富む北村季晴は、当時一般的であった二拍子の曲、たとえば「鉄道唱歌」

や、軍歌調の曲ではなく、全く新しい型の旋律を「信濃の国」の詞に作譜した。つまり、♭長《へ》調四分の四調子の、さわやか、高らかな楽譜に仕上げたのであった。

しかも、一番から六番までの歌詞のうち、四番だけを、その歌詞の趣に沿うように、優雅に、そして短調ではなくやや心静かに歌う曲としたのであった。

四　番

尋ねまほしき　園原《そのはら》や
旅のやどりの　寝覚《ねざめ》の床
木曽の桟《かけはし》　かけし世も
心してゆけ　久米路橋《くめじばし》
くる人多き　筑摩《つかま》の湯
月の名に立つ　姨捨山《おばすてやま》

しるき名所と　風雅士《みやびお》が
詩歌《しいか》に詠《よみ》てぞ　伝えたる

そして次の五番は、一番の曲調にもどって、♭《へ》長調を高らかに歌いあげて六番へとつづくのである。

このように、一連の歌詞の中で、一つだけ全体と異なる曲調を付けた日本の歌曲を、嫗は寡聞にして他に知らない。

しかも、その四番の曲調は、前後の曲調に見劣り聞き劣りすることなく、全体の歌調の中で、むしろ歌の品位を高める役目を果たしているのである。

〝汽笛一声新橋を……〟の一番から始まり、六十五番まである「鉄道唱歌」（大和田建樹作詞・多梅稚作曲）をはじめ、明治時代には地理・歴史の勉強目的から作られた歌は、他にも多くあり、「信濃の国」も同じく地理・歴史の勉強のためのものではあったが、現在、それら他の歌々が昭和・大正・明治へと遠くなったにもかかわらず、「信濃の国」は平成も三十年の末に至るまで長野県民に愛好され愛唱されている。何と、作られてから、百二十年ほどになるという。長野県歌に制定されたのが昭和四十三年であるから、平成三十年は県歌制定五十年の筋目の年でもある。

「信濃の国」は、格調高く気品ある歌詞と、近代的な、他に譲らない清朗・闊達な曲調とに依る二者相合の賜物であろう。

作詞者浅井洌と、作曲者北村季晴のお二人に感謝深くある。

信濃の国人よ、幸せなるかな。

白い人

部屋からの眺めが好い。

昔、四、五十年前になろうか、湯元の日進館は、万座川の川べりに古い軒を差し出していた。それが今はすっかり取り払われて、万座川の向こう側は小高い丘がひろがり、その真ん中に風趣ある「あずまや」が黙して建っている。

その向こうは熊四郎山の中腹へとつづき、山腹の細い道を登って行く二人三人の小さな姿が見える。それは、動いているから登って行く人々だと分かるだけで男女の区別は、分からない。

息子が幼稚園の頃、私の英語教室へ二人の息子

を通わせている奥さんが、万座温泉保養を私にすすめてくれた。

その人は、長野高等女学校（現長野西高校）時代に、私より二学年下に居た人で、当時の私のことをよく知っていてくれた。英語教室と家庭の仕事とを、手伝人なく努めている私の健康を気づかって、一年一度の夏の万座温泉保養をすすめてくれたのであった。

息子の幼稚園時代から、中学二、三年頃まで、毎夏、一週間の万座温泉行が私にとって最高の慰安であった。

当時は、長野からは長野電鉄で須坂まで行き、須坂駅から、これも長野電鉄の万座温泉行のバスに乗りかえて、高井の村落をバスにゆられ、山路にかかり、坂道を四廻り、五廻りしながら登ると、女車掌の

「雲間に入り……雲間を出でて……」と、リズムよろしき説明を耳にしながら、青い空を見上げたり、バスの窓から下に白い雲海を見おろしたりしながら、およそ一時間、長野県と群馬県の県境の標識を確認すると、バスは下り坂となり、はるか彼方前方に、「あれが万座」と指し示す乗客が居たりしたものであった。

私共が万座温泉入湯の頃は、日進館は「万座温泉ホテル」と名宣《なの》る新築の宿舎を別に構えて居り、そこが私どもの宿舎であった。

万座温泉ホテルの南側の窓から、前方に「松屋」の宿があり、松屋の前のバス道路は西南方向に延びて山路を迂回して、その道は白根山へ、そして草津へとつながっているのであった。

健康保持、増進のための入湯が目的の私は、その山裾をめぐって延びてゆく山向こうの未知の地を想像してみるだけで、行くことなく、ただ、あこがれ羨望の心地で、道をめぐって行く車たちを見送るのが常であった。

万座温泉は標高一八〇〇メートルの高地にあり、昔から「万座五千尺夏知らず」と謳われるほどに、大気は爽やか、気温は快適、申し分の無い保養地である。

この泉質は酸性硫黄泉で、その温度は八十度。これは可成りの高温である。吾々普通の入浴風呂の温度は四十度前後であるから、沸騰点百度に近い高温だ。この高温泉が一日に噴出する量は、五四〇万リットルというから、これは吾々の理解の届かない出量であろう。

この高温の源泉は、日進館前の湯畑をはじめ、姥湯《うばゆ》、大苦湯《にがゆ》等、十八ヶ所もある。泉質が酸性硫黄泉であるから、湯畑は白茶褐色の岩石の池で、立ち上がるその湯煙さえ、白色茶褐色の、見るからに万病に効能のありそうな、生きた湯畑である。

万座温泉の効能といえば、先ず、胃腸病、胃弱である。これは体験者が言うのであるから間違いない。

また、夏期の入浴一週間によって、その年の冬期の風邪引きを、シャットアウトする。これも実証ずみである。

万座温泉の発見の年月は、諸説あって、確定していないが、熊四郎山の麓にある熊四郎洞窟からの発見物や、古文書などからの推測によれば、古代人が温泉を利用していたかと推測されるものがある由。そうだとすれば、万座温泉は超年令、神秘のロマンを生きてきた温泉だ。

現実に、万座温泉の開湯のお人の御氏名は分かっている。

長峰藤吉翁碑

という立派な石碑が、万座川の川べり、湯畑近くに建っている。

明和元年と、その碑に刻まれているから、その年代をしらべると、西暦一七六四年、徳川十代将軍徳川家治の治世、後桜町天皇（百十七代・女帝）の世。

この碑の建立は、大正十三年と刻まれている。現在、平成三十年、九十四年前である。

今の新日進館には、広大な湯場が設《しつら》えてあり、そこに「苦湯《にがゆ》」「姥湯《うばゆ》」「瀧湯《たきゆ》」がそれぞれ適宜に大きな浴槽をもって入湯者を歓迎してくれる。

苦湯の湯温はその落ち口で常に四十三度、姥湯は四十一度と、適温で入湯者を満足させる。

昔の、五十年前の万座温泉ホテルには、館内にある湯場は、快適ではあるが姥湯だけであった。これは熱からず温《ぬる》からず、幼児の息子と母が共々入湯する格好の温泉であった。

だが、胃腸病はじめ、万病に利き目抜群と人口に膾炙している万座温泉第一の湯「苦《にが》湯《ゆ》」は、本館の日進館に在るだけであったから、万座温泉ホテルの苦湯入湯希望者は、宿の下駄を履いて三、四〇メートルほど川原を歩いて、日進館にある「苦湯」へ行くのであった。

当時、息子の父親は、土曜・日曜日と万座に来て、一泊して帰るのであったが、彼の入湯はいつも苦湯で

「板で湯もみして入った。熱い湯だが、すっきりする」

と、額の汗をぬぐいながら、日頃の癇癪《かんしやく》持《も》ちの顔がややなごむのであった。

幼稚園児の息子と共に入湯する母親は、息子には熱すぎる苦湯には行くことがなかったが、ある朝、早朝に目覚めた。

傍らの息子は、と見れば、すやすやと眠っている。時刻は五時前。

息子が起きるのは、いつも六時ごろ……ならば彼が寝ている間にちょっと、苦湯に……と、そっと起きて、苦湯行きの下駄もそこそこに、苦湯の戸を開けた。

白濁した、こってりと濃い湯が槽に満ちている。手を入れてみる。オヤ、意外と熱くない。

湯もみ用の長い板が立てかけてあり、それが濡れている。ははあ……、先客が湯もみをして入ったのだ、ありがたや、と直ちに浴衣を脱いで入湯――。

なるほど、姥湯よりは温度は高い。この乳色濃い湯が万病に、特に胃腸病に効果抜群の湯か、と胃弱な母親は目をつぶって肩深くひたり、それでも室で眠っている息子のことが気になって、早々に苦湯を出て下駄を履いて宿舎にもどり、自室に上ろうと階段の下で上を見たとき、驚いた。

階段のおどり場で、わが息子が立っていて、泣いているのだ。

そして見知らぬ婦人が傍らで、やさしく、息子を宥《なだ》めている。

どきりとして母親は階段をかけ上がり、

「ごめん、ごめん」

と、息子の肩に両手を置いてあやまり、やさしい笑顔のその婦人に

「ありがとうございました、お湯に行っていまして、すみませんでした。有難うございました」と幾度も心からの礼を言って、

泣き止んでもまだしゃっくりしている息子の肩を抱いて部屋に入った。

時計を見ると、五時半をまわったところだ。

五歳の子は、目が覚めたら、自分の家ではないところで居るはずの母親が居なくて、不審に思って部屋から出て、廊下を見たのであろう。でも廊下にも母の姿は無くて自分一人を意識したとき、どんなにか不安で、さびしくて、怖くて、ただ泣くだけだったたろう。

五歳のその不安、淋しさ、怖さを想像すると、母は息子が可哀相で、すまなくて、さぞや悲しかったろうと、ただあやまり、抱きしめるばかり。子にとって母は「いのち」なのだ。

息子は一言も言わず、ただ不安の消えた普段の顔にもどった。まことに愚かな母であった。

五十四年前の万座では、あの婦人のような人が居て、廊下で泣いている子を、どうしたのかと案じて見守っていてくれたが、平成三十年の旅の宿ならどうだろう。早朝に一人で泣いている子を見つけて、「母ちゃんの居るところへ連れて行ってやろう」と、だまして息子を攫《さら》って行ってしまうかも知れない。そして息子を人質として身《み》の代金《しろきん》を……。ああおそろしいことだ。

昔の苦湯があった地点のほど近くに、先述の長峰藤吉翁の石碑が建っているのだが、その碑の裏、つまり東側に、薬師堂がある。

薬師堂は言うまでもなく薬師如来をまつる堂であるが、山中の小さな堂であるのに、何時行っても掃除が行き届き、堂内は生きている呼吸を感ずる。誰かが心して掃除その他を奉るのであろう。黒岩さん（日進館）だろうか。万座の湯を、湯治の場として活用するために、その宿舎を最初に建てたのは日進館だと聞いた覚えがある。

薬師堂にお参りして堂横の坂道を少し登ると左側に大きな石窟があらわれる。熊四郎石窟である。標識の説明によれば、その昔、ある狩人が危険にさらされたとき、熊という犬と、四郎という犬とに命を助けられた故という。想像をめぐらせば、その狩人はその二匹の犬とこの石窟に住んでいたのであろう。五人や六人ならば充分に寝られるこの岩石の洞窟は、天井も高い。

洞窟の奥には小さな「宮」が設《しつら》えてあり、あたりには十円、一円、五円がたくさん散らばっている。ここに来た人々は何を念じてこの石窟の主に賽銭を奉じたのであろう。

熊四郎洞窟から右手に丘の上の四阿《あずまや》を見て、細

い坂道を登ると、その道は熊四郎山への山道となる。

その山道は、ずっと下へ延びて昔の日進館あとの広場へと下り、更に西へと細道となってつづいているのだが、そのあたりは建物のカゲになって、ここ、新日進館の三階の部屋からは見えない。

視界をさえぎっているその建物は、古い万座温泉ホテルの一部が残されていて、その幾室かが半月とか一ヶ月とか、湯治をする人々の宿舎となっているのだ。

いま、媼が居る新日進館の三階の部屋の窓から、その長湯治《ながとうじ》の人の姿がチラホラと散見できる。

その古い建物の傍らに大きな樹、樅《もみ》の木かと見える樹が広く高く枝をひろげている。その下方の枝に白い大きな布がひろげて掛けてある。多分、湯治の人のシーツでもあろうか。

おや、そのシーツが動き始めた。

湯治の客が、シーツを取り入れる……？

いや、そうではない。シーツが動き出したのだ。シーツそのものが動きはじめたのだ。

樅《もみ》の枝かげで、はっきりとは分からないが、何と、それは人らしい。

その白い人影は、半ば湯治宿舎の庇《ひさし》のかげになって、たしかな形ではなかったが、すぐに屋根の向こうに全身をあらわした。

シーツではなかったのか、人だったのか？

オヤ、歩いて行くではないか。やっぱり人だったのだ。

白い上衣に白いズボンの、背丈のある男性の姿がうごいて行く。顔は見えない。後姿が動いて行く。

盛夏の男性の服装といえば、大抵、白の半袖の上衣と、ズボンはグレーとか紺とかの色ものだが、今、向こうに見える男性は、長袖の白い上衣と、白いズボンだ。

ゆっくり、ゆっくり上って行く。

脚の長いのがわかる。

と、オヤ、止まった。熊四郎洞窟の前で足を留めた。

洞窟の中へ入って行った。なぜか、洞窟から出て来るだろうか、出て来ないだろうか、と不安がよぎった。

じきに出てきた。ほっとした。

相かわらず、ゆっくりと、白い長い脚で、熊四郎山へと登って行く。

姿はかなり遠くなった。山の中腹の曲り角の柵のところで止まった。休息しているのだろうか。

気が付けば、山の中腹にも、その上にも、またその下にも、人影が無い。

いつもは、必ずと言ってよいほどに、二、三人づれの人影が、中腹にも、山裾にも一つや二つは見えるのに、今は人影が他に一つも無い。山道にあるのは白い長身の人、一人だけ。

七年前に他界した媼の亡夫は長身で、背広をクリーニングに出すと、クリーニング屋が言った。「お宅のズボンは長いねえ」と。

おお、動き出した。白い人がまた山を登りはじめた。かなり小さな姿になったが、白い長身の姿は徐々に上への道を辿っている。

木蔭にかくれて、姿は一時《いっとき》消えるが、木蔭から出て、再び白い人が上って行く。

そして遂に、白い人は岩門にたどり着いた。熊四郎山の頂上のやや下、九合目あたり、岩の抜け穴である。媼も昨日、あそこまで行ってきた。

あそこが熊四郎山の目的地で、眺望が好く、万座温泉一帯が俯瞰できる。

その万座温泉の晴れた空の西方はるかに、四阿山《あずまやさん》（二三三四メートル）の壮姿が望めるのだ。雄大な眺めだ。

オヤ、白い人が熊四郎山の岩門の突っ先に出た、危い！

あそこは鉄柵がめぐらされていて、「危険防止」になっている。鉄柵の外は切り立った崖、赤茶けた崖が三、四〇メートル……。

白い人は鉄柵をくぐり抜けて断崖の突っ先に立った、白い姿が直立している――。

「あッ、飛び降り……自殺……？」

媼は驚いて立ち上がり、助けを呼ばなくては！　と、胸がドキドキ高鳴った。

と、白い人は鉄柵をかいくぐって中に入り、岩門の向こうへ消えた。

媼はドキドキしながら、白い人が再び出て来るのを待った。二十分、二十五分と待った。しかし白い人は岩門の向こうへ消えたまま、姿をあらわすことはなかった。

媼は小一時間も、山道を行く白い人を見つづけていた。ただ、見つづけていた。目が離せずに見つづけていた。なぜだろう。わからぬ。

岩門の向こうへ消えたあとも、尚、出てくるのを待った。なぜだろう。わからない。

宿舎の傍らの樅《もみ》の木の枝に広げて掛けてあった白いシーツが、シーツではなく白い人間だった、ということも不思議なことだ。

そもそも、あの白い人が、現実の人間だったのか、それとも白いまぼろしだったのか、それも定かではない。

In different frequency
周波の異なるところに

経済学者にして評論家の西部邁氏が他界した。

平成三十年一月二十一日早暁、多摩川で水死した。溺死ではない。川を利用しての自死であった。

あれほどの人が自ら死に就くとは……いや、あれほどの人なればこそ、常人の及ばぬ高みで自らを死に趣かせたのであろう。

西部邁という御仁《ごじん》は、人一倍正義感強く、自立の矜持強く、事に処しては節度あり、優れたものに対しては素直に謙虚であった由。

一方、人をだます欺瞞《ぎまん》、社会の悪に対して怯懦《きょうだ》（おくびょう）であることには、我慢のならない強者であった、と。そして氏が常に問うたのは、生への覚悟であった、という。

生の現実として七十八歳の西部邁は、体力のかたむき、多少の脳のおとろえも感じ悟り、彼なりに生の意義の限界を悟ってのことか、生を離れ、死をえらんだものであろう。

氏は己が生命を断つのに水をえらんだ。

ピストルで頭を打ちぬくこと、刃《やいば》で腹を切ること、ビルの屋上から飛び降りること、鉄道に飛び込むことと、すべて排して水をえらんだ。

なぜに水をえらんだのか。

死の難易を考慮しての水ではあるまい。

知恵浅い媼の推察であるが、「水」はあらゆる生命の根元であるからではあるまいか。

その生命の根元である「水」を、氏は己が最期の方便として選び、これを全身で識り、更に、生と死との「あわい」を、その眼でハッシと見据えて、何人《なんぴと》も知り得ない死界を観定めて、満足して生を閉じたのではあるまいか。

氏は、己の死に二人の弟子を手伝わせた。

おそらく水中での死は、自然の力で浮き上がろうとするであろうし、また人間の自然は人間の意志に反して水中であがき悶えるかも知れない。それらもろもろを考慮して「完全なる死」を願い、期して、二人の弟子に依頼したものであろう。

西部氏は、この二人ならばと見込んでの依頼、いや命令に近いものであったかも知れない。

我々普通人は、死の手伝いをさせるとは、自分勝手も甚だしい。他人迷惑も考えず、と思いがちだが、西部氏の頭には、彼等二人はそのようには思わぬ、わが依頼通り、希望どおりにやってくれる、という信頼があったであろう。

おそらく西部氏の胸には、己が理想を願う社会のあり方のために鋭意つとめてはきたが、まだまだ果たせぬ。この理想実現のためにつづけて働くのは、わが弟子たち。その弟子たちの中でこの二人こそ「わが志」を継いで生きる最たる者。この「約束」、師との約束の「形」として、師の希望、「死の封助」となったものではあるまいか。

平成三十年一月二十日、大寒の凜冽な水をえらんだ。

完全な死を得た「師」の身体は、翌二十一日早暁、そこに在った。

彼ら三人の胸には「自殺幇助罪」という名称はとうに消えていたであろう。

西部邁は死んだ。地上から消えた。多数の書物をこの世に残して消えた。ある人は言うだろう、西部は死んだが、彼の残した書物の中に彼は生きている、と。そのとおりだが、呼吸をしながら物言う彼は消えたのだ。

そういう意味で、人は死ねば無だ。だから大部分の人間は死を嫌う。死は自分が無となることだから。

昔、ある高僧が臨終を迎えた。弟子達は師がいかなる立派な「偈《げ》」を残して逝くかと、その枕辺に侍《はべ》り、立派な偈を聞きもらすまいと、今か、今かと固唾《かたず》をのんで待った。

やがてその高僧の口からもれた言葉は、

「死にとうない……」だったという。

人間は「死にとうない」のだ。それでも死ななくてはならない時が来る。死ぬ時が来る。仕方が無いから、死んでも死の国があって、そこは楽園で極楽の地だ、と自分を納得させる。そうしないと死んで行けないのだ。生の国より遥かに楽しいところ、美しいところ。仏教では「極楽」といい、キリスト教では「天国」という。

更に、あの世に行った人を、一年に一度、この世に迎えて、つまり「盆」の行事をつくって、生けるが如くに死者をもてなして、また死者の国、あの世へ送りかえす。あの世、極楽、がどこに在るかを問うこともせず、己の死後の在り場所を信じて、少なくとも半分は信じていなくては、死んで行けない。

更に、一年一度の「盆」だけでは足りずに、死者の冥福を祈って、三回忌、七回忌……三十三回忌……五十回忌と、その忌日に「法事」を行う。

筆者も亡父の三十三回忌、四十三回忌、五十回忌と法事を行い、僧侶の清澄な読経を聴きながら、生前の父の俤を心に浮かべつつ、なつかしみと感謝に満ちた一日を過ごした。

また、亡母の三十三回忌、四十三回忌にもその献身的な母の一生を、感謝と涙とで忍び……五十回忌は――筆者の九十八歳時に当たることから、母の五十回忌は確信できないけれど。

斯くの如くに人間は、死者を忍び思い、必ず自分も行く死後の在り場所、在り方の良きを願う。無であるものを「有」であると想いたいのだ。
あるとき、偶然に、アインシュタイン（Albert Einstein　一八七九～一九五五）の一つの文章に出会った。
Those who have gone from us, are not very far from us. They are merely in different frequency.
All that ever has been, or ever shall be, is in the now.

われらのもとから、消えて亡くなった人々は、はるかなる遠空へと去ったのではない。

その人々は、ただ、異なる周波数の世界（In different frequency）に入っただけなのだ。

すべて、一度《ひとたび》存在したもの、また今後、存在するであろうものは今、この現在に存するのである。

超絶的科学者であるアインシュタインの思考や言動を、理解する能力など、この地球の片々隅に息する小さき老女が持ち合わせているはずはないけれど、彼の右の言葉は超絶的魅力があって、この無力者をも彼の前を通過させないのだ。

寡聞ながら聞くところによれば、アインシュタインの「脳」を二百八十片余りに分割して、その一片ずつを世界中の科学者二百八十人余が大切に保存しているとか。

超偉大な「脳」であっても、分割してしまってはその働きも失せるのではあるまいかと、嫗は気をもむのだが、世界中の科学者たちは、二百八十分の一の脳であってもアインシュタインの「脳」であれば、それを「神のお守り」の如くに有難く胸に抱いて、あるいは大金庫の奥に保存して、己の科学の道の進展を願っているのであろう。

さて、アインシュタインが説くところの「死者の居る場所」「周波の異なる世界」「different frequency」とは？

そういう天体は、どこに存在するのであろうか。月でもなし、小惑星イトカワでもなし、米国の探査機インサイトが二〇一八年十一月二十七日に降り立った「火星」でもなさそうだし……。

今ここに、米国の航空宇宙局(NASA)が二〇一八年十二月十日に発表した報道がある。

四十一年前(一九七七年)に打ち上げられた米国の探査機ボイジャー2号が、太陽圏を脱出して、太陽風が届かない「星間空間」に到達した、と。この所要日数四十一年である。ボイジャー2号は現在、太陽系の端にある、無数の小天体の集まり「オールトの雲」を目指して、地球から約一八〇億キロ彼方を飛行している、と。

涙が出てくるではないか。

さらに、オールトの雲の内側に到達するのに三百年かかり、そこを抜けて太陽系の外に出るには、三万年かかる、と。

ああ、もう駄目、媼のアタマ狂いそう。

三万年は人間にとって、永遠にも等しい。

永遠は、それは無にも等しいではないか。しかも、ボイジャー2号に装置してある、地球にデータを送信している原子力電池は、二〇二五年〜二〇三〇年ごろには尽きるであろう…と。ああ――。哀れボイジャー2号。

different frequency を求めて宇宙にさ迷い出たのであったが、ここがそれかと思うものに智足らず故に出会うことがなかった。

考えてみれば、アインシュタインの学説は「ここが、それだ」と、場所を特定するものではない。死後の世界は「有る」と考えられるもの、あるいは「有る」と信じられる学説なのであろう。

死後の世界が有るか無いか。人は死して、ディファレントッ フリークエンスィに居るのかどうか。問題はあまりに大きく深いが、筆者に臨死体験があることから、その時の情景をここに思い返してみようと思う。

それは京都帝大の学生時代のことであるから七十三年も昔のことである。夢は可成り明瞭な夢であっても、日が経つにつれて薄れ、やがて消えてしまうが、七十三年昔の「あれ」は今もって明瞭に記憶にあり、忘れることがない。不思議である。

それは冬休みの一月も末のこと、風邪を引いて微熱から三十八度ほどの熱がなかなか下がらず、長年知り合いの医師が、私を起こして胸部を診察するのだが、そのとき胸がきわめて痛い。心配した父が、銀行で居合わせた知人に娘のことを話すと「東京から疎開してきているK医師」を紹介してくれた。

K医師は即日往診すると、絶対安静を命じ、患者の枕もとにあった英字新聞を、即刻片付けるよう命じた。容態が普通ではなかったのか、K医師は体温と脈搏とを、朝・昼・夕と三回記入する用紙を看護人に渡し、翌日も往診することを約して帰った。

その後もK医師は毎日往診して注射をつづけた。容態はやや「良」かにみえてきた。

三月に入って容態のよくない日が続いた。脈搏が早く呼吸も早く苦しく、四十度を越す高熱に浮かされて、意識は朦朧とした。

八畳の部屋の真ん中に寝ていたはずなのに、縁側の端から地面にずり落ちそうで悶えていた。それも頭から逆さまに落ちそうでたまらない。

昼間のはずなのに、あたりはむやみに暗く、それも紫色がかった暗さが私を圧していた。

何時間たったのか覚えはない。

近所のおじさんが

「もうおしまいか」と、私をのぞいた。

「元気よくしていろ!」と、父の大きな顔と叫びがあった。

「困るぅ……」と母が叫んで近くの稲荷神社へ走った。

その年の前年の夏、敗戦直後の集団赤痢で母は私の姉を亡くしていた。今また末娘をも失うかと絶望に落ちて走ったことだろう。

私の意識はそれきりであった。

私は広い野原に立っていた。足もとには薄ピンクのコスモスに似た花がゆれて美しい。

「きれいだなぁ」と、野原の中を歩いて行くと、川があった。

左から右へ、キラキラと光って流れている。川底の石まで見えるきれいな水で、川底に花崗岩のような石が水にゆれている。美しい。

と、オヤ、川の向こう岸に人が居る。川幅は千曲川の三分の二ほどであろうか。向こう岸に白い服を裾長に着た人が立っている。手にした杖だけが黒い。キリストに似た風貌であるが、キリストよりは老人だ。

その白い人が何か言うが、何を言っているのかわからない。

多分、こちらへ来いと言っているのであろうと、私は思い、川を渡ろうと思うのだが、橋が無い。左方の川上を見ても橋は無い。右方の川下を見ても向こう岸へ渡れる橋のようなものは無い。

川向こうの白い人がまた何か言う。何を言っているのか聞こえないのだが、やはり「こちらへ来い」と言っているのだと、私は思うので行こうとするのだが、橋が無いのだ。

「橋が無くては行かれないよオー」と私は泣いた。二度ほど泣いた。

そのような時間が、どれだけだったのか、全く覚えは無い。

私の目にぼんやりと映ったのが、板の木目のようなものであった。

しばらくして、それが、天井の板の木目であると意識した。

ああ、これは我が家の天井なのだ、とわかった。

それまで、どれだけの時間が経過していたのか、今もってわからない。

後日、K医師が言った。

「かなりの重症でも、熱線のグラフと脈搏のグラフとが、そろってジグザグと昇っていくならば、まあまあなのだが、脈搏線が熱線を越えてしまったので困った」と。

脈搏線が熱線を越えるのを「死のクロス」と言うそうである。「死のクロス」をえがくと八、九分通りは「終わり」となるのだ、と。

私の「死のクロス」は、それ以後の十年の闘病生活へと下る坂道の道標であったのかも知れない。

余談になるが、あのときのK医師は、後日、私の「英語教室」の門を建てた人である。

臨死体験で見た川向こうの老人の背後は、私が居た川端の野原のような美しい花も無く、漠として霧か霞か靄《もや》かが、ただ立ち籠めている無の世界であった。

その無の景は、臨死体験とはいえ細々と呼吸をしている「半ば生」の目が見たものであった。これを完全に呼吸が止まった「死の目」あるいは「死にゆく目」で見たならば、川の向こうは花咲き乱れる有色の世界であるのだろうか。

わからない。この世の者にはわからない。

アインシュタインが言った「In different frequency」に戻ってみよう。

彼は「人は死んで遠く消え去ったのではない。周波の異なるところへ行ったのだ」と。

その周波の異なるところとは、どこであるか。

海王星の果てとも、星間空間とも、微小天体の集まりのオールトの雲とも、アインシュタインは言っていない。

宇宙を三百年飛びつづけても行きつけないほど遠いところは、人間にとっては「無」だ。その存在を証明することが出来ないもの、目には見えないが「有る」とすること、それが「宗教」だとするならば、アインシュタインの「生命説」あるいは「生死説」は、宗教的なものではあるまいか。

ふと、思い出すことがある。

およそ五百年の昔、コペルニクス（Nicolaus Copernicus 一四七三～一五四三）がローマカトリック教会で、地動説（heliocentric theory）を咎《とが》められたとき、やむなく教会との摩擦を避けて、従来の天動説（geocentric theory）に従うべく首肯しながらも、小首をちょっと傾《かし》げて、小声で“but it moves”と呟《つぶや》いたということを。

そしてもう一人。

「死者はin different frequency」と言ったアインシュタインが、ペロリと舌を出して、肩をすくめているあの顔を。ほら、そこに、と言っているような、あの顔を。

著者プロフィール

西澤　聖子（にしざわ　せいこ）

1923年長野県長野市松代町に生まれる。

松代小学校、長野高等女学校を経て東京女子大学卒。

1946年京都帝国大学文学部史学科に女子学生の第１号として入学。

病を得て帰郷し10年の闘病生活を持つ。

高校生の英語指導46年。

著書『英語教室三十年―人生裏街道を往く』

『カノープスの見えるころ』

『英文法遊歩道』

『わたしは盲導犬』

『永遠《とこしえ》の旅人』

『天平のほとけたち』

可惜命《あたらいのち》

2019年６月27日　第１刷発行

著　者　西澤　聖子

発行者　木戸ひろし

発行所　ほおずき書籍株式会社

〒381-0012　長野市柳原2133-5

TEL（026）244-0235㈹

web http://www.hoozuki.co.jp/

発売元　株式会社　星雲社

〒112-0005　東京都文京区水道1-3-30

TEL（03）3868-3275

ISBN978-4-434-26254-8